AF409493

Mireille Felix

ARIE

Roman

Prix Comtois du Livre 1998

Suivi de :

THOMAS

Nouvelle

Couverture et illustration :
Denis Felix

21 Mars 1295.

J'étais Marie, née d'Emmeline.
J'étais Marie, adoptée d'Aude la Guérisseuse.
J'étais Marie, fille réenfantée de la terre par l'amour du
Vivant.
Maintenant, ils m'appellent Arie.

Ils disent que je suis sorcière, ou que je suis fée.
Ils disent que je parle avec les loups, avec les arbres.
Et c'est vrai...

Ils disent que je commerce avec le Noir.

C'est faux.

Ils disent... Ils ont peur. Ils viennent pour me tuer.

28 octobre 1287.

Un homme vient du plateau par un jour mou, brumeux, presque blanc. Un jour trop pâle.

Toute proche, un peu à l'écart du village, une maison nichée dans les vergers et encapuchonnée de bardeaux, un chemin incertain sous les pommiers, une odeur de fumée…

L'homme vient du plateau, hâve, vêtu d'une robe de bure en loques, ses pieds nus tachés de sang.

Marie et Aliette sont occupées à nourrir la chèvre quand quelque instinct les a fait retourner ensemble, poser en hâte seau et fourche, courir vers celui qui s'effondrait à la barrière du clos. Elles le soutiennent, le portent presque auprès du feu. Aliette lui donne de l'eau. Il boit avidement, à grandes lampées bruyantes. Ses mains tremblent.
Il lève les yeux. Quand elle croise son regard, elle recule en resserrant sa mante comme pour protéger l'enfant qui pousse en elle, puis murmure qu'elle part soigner les bêtes, avec un peu de gêne, s'éloigne comme on fuit, la tête basse.

Marie tend le pain et le fromage.
L'homme la dévisage en silence, avec répulsion. Il fixe avec insistance les nattes incendiées par l'éclat du feu qui tombent jusqu'à sa jupe comme deux serpents. Il prend enfin le pain, la remercie d'un signe, se nourrit, gardant les paupières

baissées, se détournant ostensiblement quand elle passe devant lui pour remettre du bois ou faire tiédir de l'eau.

L'homme avait fini son repas. J'approchai de lui un panier de pommes et lui proposai de le panser. Je rencontrai à nouveau son regard, il m'a semblé plonger sans recours dans un gouffre vertigineux peuplé de haines informes et de ténèbres moites. Je le voyais homme de vide, balayé de vent, fou de Dieu que toute forme détournait de son adoration. Ne devaient lui convenir que les plateaux déserts où rien ne venait le distraire d'un Dieu désincarné qu'il poursuivait inlassablement.
Il n'a pas prononcé un mot, a lavé lui-même ses plaies, a ignoré le baume que je lui tendais. Je soupirai, appelai à moi la vie, et lui souris...

Nous convînmes plus tard que je le conduirais au prieuré de Dannemarie qui n'était qu'à une lieu de là, où il trouverait asile pour la mauvaise saison.

Le frère Damien les a vus, a levé le bras en signe de bienvenue. Il les regarde monter, appuyé sur sa bêche.
Damien est un homme de bon sens. Éloigné des grands mouvements de l'âme comme de ses petitesses, il traverse la vie avec une assurance paisible qui inspire confiance, et un regard clair, presque enfantin.
Il aime voir pousser les fleurs, il aime les journées rythmées de prières. Marie le rejoint parfois au potager. Ils parlent. De choses simples. De rien. De tout. Lui, parle avec mesure, en pesant chaque mot, avec parfois de lents sourires quand Marie se passionne.
Pour l'instant, il les regarde monter

Marie s'arrête à ses côtés. Il dit :
 "Tu trouveras le père au réfectoire."
Il pose un regard tranquille sur l'homme :
 "Vous êtes le bienvenu."
Il dit encore :
 "Thomas est de retour."
Se remet à l'ouvrage.

Marie a senti la joie lui sauter au cœur. Elle contient son impatience, ralentissant le pas pour le plaisir de l'attente. Elle laisse le voyageur auprès du père, marche vers la cuisine, et retrouve d'un coup l'attention chaleureuse de Thomas, son rire franc.

Ils se reconnaissent, se taisent, disent les menus événements qui ont marqué l'absence. Il a rencontré Luc qu'elle a soigné l'autre jour, juste avant de revenir. Ils ont parlé d'elle, un peu, et d'autres choses. Il ne dit rien de ces mois passés au loin. Il dit seulement :

"Je suis content d'être ici."
Elle, lui raconte cet homme qu'elle a amené, son intransigeance, sa violence contenue.

- Hier, n'a-t-il pas terrifié Aliette en lui promettant les feux de l'enfer pour ce qu'il l'avait cru pécheresse ? Et il me regarde comme s'il avait peur, avec détestation. Il n'a pas voulu que je panse ses plaies... Pourquoi ?

- Regarde-toi, Marie. Tu es fille, tu es belle, tu es vivante, Thomas sourit : Tu représentes tout ce qu'il combat !

Marie s'assied, tend les mains vers les flammes :

- Je l'ai entendu demander au père Enguerrand comment il se faisait que je puisse entrer au prieuré.

Elle joint ses mains brûlantes. Thomas l'observe avec une attention inquiète. Elle est assise, l'air grave, le visage incliné vers le feu. Une mèche échappée de sa coiffe souligne le bombé du front, la pommette haute, la grâce du cou mince. Elle a ce teint d'ambre et de rose qui est si rarement assorti aux cheveux roux. Ses mains unies sur ses genoux lui donnent un air de piété.

Thomas est touché d'une émotion diffuse. Il est moine depuis toujours, par engagement d'amour, mais en cet instant, il est homme, simplement, et perçoit en Marie non plus seulement une sœur, mais une femme, neuve, belle. Innocente. C'est cette innocence qui le ramène à Dieu. Il sourit, vient à elle, les mains ouvertes, empli d'amour, et dans l'étreinte de leurs doigts passe tout ce qu'ils ne se disent pas de confiance, d'amitié vraie, de chaleur, de la reconnaissance de leur différence et de son acceptation.

Elle a rencontré les premiers flocons sur le plateau. Le vent a forci. Elle marche vite, le capuchon sur les yeux, cassée pour mieux résister aux bourrasques. À l'approche du village, le vent se charge d'un parfum lourd de fumier et de feu, le chemin devient boueux, creusé du pas des bêtes.

En arrivant sur la place, elle croise le mari d'Aliette, Jeantet, courbé sous une charge de bois. Il rééquilibre son fardeau, lui accorde un bref regard et un bonjour bougon, s'éloigne dans la venelle qui mène à la maison de son frère qui le loge depuis qu'en septembre, une tempête a ravagé leur maison. Marie le suit des yeux, songeuse. Elle ne sait comment résoudre le problème de leur logement. Jeantet paie encore son affranchissement et si Thiébault est peu exigeant, il n'en demeure pas moins rigoureux quant aux dates convenues pour le remboursement de la dette. S'ajoutent à cela les taxes et les droits de la tenure qu'il a pris depuis peu. Ils ne peuvent en ce moment envisager de construire : Ils n'ont pas même de quoi acheter des arbres pour une charpente...

Elle frissonne, traverse la place d'un pas rapide, repoussant les bêtes qui se pressent autour des abreuvoirs. Elle évite les flaques bourbeuses qui marquent l'entrée des étables, s'éloigne sur le chemin du Lomont, au travers des vergers bien clos étirés au pied du mont. Le sentier est plus sec, les troupeaux n'y passent que rarement, la neige commence à éclaircir le sol. Sa maison est là, perdue dans les pommiers.

Elle soupire. Elle est arrivée. Elle secoue son manteau, frappe la pierre des pieds pour en faire tomber la boue, et rentre au cœur de la chaleur qui lui empourpre d'un coup le visage. Le feu crépite gaiement, Aliette a tiré le volet, la chandelle posée sur les planches dressées devant la cheminée éclaire la jatte fumante, l'écuelle, les cuillères d'étain qui luisent faiblement. Une terrine noircie couve deux pommes craquelées dont la peau fendue laisse échapper une mousse blonde et parfumée. Liette, réjouie par l'expression de son amie, trempe la soupe d'une large tranche de pain.

La question de leur devenir ne me quitta pas, ce soir-là où je voyais Liette occupée à trier la mongette auprès du feu, heureuse.
Le lendemain, je me suis levée à la pointe du jour. La nuit avait nettoyé le ciel, la neige s'était perdue en eau. J'ai pris le chemin du plateau, sans trop savoir ce qui m'y poussait.

Elle est parvenue au bout des essarts. Elle connaît bien la forêt qui coule jusque-là, elle sait cette trouée à mi-pente d'où l'on voit Blamont sur son éperon rocheux, les maisons abritées de palissades, le château qui commence à prendre de l'importance. Thiébault des Hortières, depuis qu'il est sire des lieux, fortifie le village, fait creuser des puits, et édifie lentement ce qui sera un monument imposant agrippé au rocher, fièrement opposé à Roche d'Or. Le donjon vient d'être achevé, puissamment assis sur des murs de cinq pas d'épaisseur. Le reste des constructions est encore en bois ou en torchis. Seules les habitations les plus récentes sont en pierre, avec de longs toits de bardeaux qui descendent bas sur les murs.

Un coq chante, l'aboi d'un chien résonne sur le Lomont. Le vent a tourné au nord-est.

Marie quitte les pentes familières, elle descend vers les combes qui rejoignent le val de Glay. Le sous-bois est encore sombre. Souvent, des fourrés inextricables l'obligent à des détours glissants sur le travers. Les sapins occultent le jour. Elle rencontre le brouillard assez vite, la forêt est silencieuse, presque oppressante, peuplée d'arbres morts, de mousses longues qui se balancent en drapés fantomatiques. Elle ignore pourquoi elle est venue là, dans ces combes déshéritées qu'elle connaît mal. Elle s'oriente, sent la formidable présence du rocher au-dessus d'elle. Une forte odeur de menthe monte à chacun de ses pas. Elle marche vite, glacée et brûlante, traverse à reculons un taillis de joncs et de saules que soudent les viornes. Le sol s'affermit brutalement sous ses pieds et la fait trébucher. Elle dégage sa jupe de l'emprise d'une ronce, se redresse, rit de se voir collante et échevelée comme un barbet au retour de la chasse. Reprend haleine...
Elle a rejoint le vieux chemin au bas de la Combe Noire que seuls les chasseurs empruntent encore. La forêt, là, est obscure, dangereuse, coupée d'abrupts, tout entière livrée aux loups et aux sangliers.

Le brouillard s'est enfin levé, et si le jour reste pauvre dans le val, le soleil claque déjà sur les remparts et le donjon posé sur le ciel. Elle se faufile à nouveau dans le bois, par-dessous les branches glissantes des sapins. Le parfum de la résine lui réjouit le corps. Le sol est égal sur quelques pas, souple, presque tiède. Devant elle, ce ne sont que broussailles denses, arrêtées par les sapins qui inventent des îlots tapissés d'aiguilles rousses.
Elle avance, devine une ancienne trace, rencontre brusquement un sentier à demi effacé qui grimpe droit.

Le touffu de la lisière passé, les arbres s'écartent, prennent de la majesté. Les chênes, les hêtres, ont gommé la végétation basse. Quelques frênes plus souples, quelques bouleaux aussi cherchent la lumière au flanc de la gorge qui se resserre. La roche est maintenant partout, en épines verticales, en blocs écroulés, toute pelue du lierre sombre qui la marque comme des veines.

À gauche, une grotte domine la sente, abritée d'une arête de pierre moussue qui la dissimule. Il lui a fallu toute sa connaissance de la terre pour la percevoir, peut-être à un souffle sur sa joue, à un bref sentiment de déséquilibre. Elle monte, s'appuie au rocher, essoufflée.

Le sol est humide, la pierre coulée de noir.

Marie reste pensive, regagne en glissant la trace qui la mène...

La gorge s'ouvre sur une vallée étroite, pierreuse. Les grands arbres ont cédé la place à une herbe ligneuse et rêche qui crisse sous le pied.

> Il en est des lieux comme des êtres. Il y a ceux qui passent sans laisser de vraies traces, ceux que l'on croise avec un regard d'amitié, et ceux que de tout temps l'on sait devoir rencontrer, ne serait-ce qu'un instant, pour un échange absolu.
>
> Je suis sortie du couvert éblouie. Le soleil m'a fait cligner le cœur. Un vent froid dansait à la ramure des bouleaux. J'ai eu envie de baiser la terre.
>
> Ah oui, ce lieu était mien ! J'en ai fait le tour à pas mesurés, comme, enfant, on tourne dans ses doigts le gâteau juste sorti du four sans l'oser croquer. Je crois que je ne voyais rien, trop occupée des battements de mon sang, d'une sorte de crainte qui m'avait saisie comme à l'approche d'un mystère.

La clairière remontait vers l'ouest jusqu'à la falaise dont la base se perdait dans les églantiers. Je suis montée, attirée par l'éclat de leurs baies et suis arrivée sur une terrasse caillouteuse, large de quelques pas.
La grotte était là, ouverte comme un œil face au levant. Protégée d'un bâti de chêne à demi écroulé. Sèche, assez profonde pour y loger, prolongée d'une autre cavité propre à contenir des réserves.

Le lieu se fixait en moi. J'en notai machinalement les dimensions, les avantages, les pierres qui avaient dû entourer un foyer, la roche lisse qui s'incurvait en berceau.
Je suis entrée. J'ai suivi la voûte de mes mains à plat, caressé sa vibrance, sculpté ses courbes de gestes ronds. Et me suis assise, épuisée d'émotions.
Longtemps.

Le soleil de midi tiédit la clairière. Marie, brusquement, revient à elle, ouvre les yeux, se découvre transie. Elle rajuste sa coiffe, resserre sur elle les pans de sa mante, et se presse vers le bois. Elle escalade la pente abrupte droit vers l'est, s'arrête soudain, saisie par la certitude brutale qu'elle doit venir vivre en ce lieu, appelée par un vouloir aimant mais infiniment exigeant. Alors elle revient sur ses pas, s'arrête au bord de la falaise. La clairière frémit au soleil, solitaire.

Quand elle débouche sur le plateau, le souffle court, elle s'étonne à peine de se trouver à la limite des champs qui entourent le village, là où l'on voit rôder les loups quand l'hiver dure. Elle sourit. Elle aura peut-être du mal à convaincre Jeantet et Liette de demeurer dans sa maison, mais elle ne doute pas d'y parvenir.

L'arrière-saison s'étire en douces journées dorées qui remplissent la clairière de lumière. C'est inattendu après les semaines de froidures que le village avait subies.
Durant deux lunes, Marie et Jeantet se lèvent avant le jour et partent vers la combe, chargés à trébucher. Ils œuvrent sans relâche jusqu'au milieu du jour où ils partagent le pain et le fromage arrosé de piquette, assis devant la grotte, regardant le bâti de chêne enfin consolidé et couvert de chaume, les murs de torchis qui montent régulièrement et qu'ils protègent contre le gel avec des branches et des feuilles mortes...
Parfois Jeantet la soulage d'une charge trop en lourde en maugréant :"Pas de l'ouvrage pour une femme". Elle lui sourit alors avec reconnaissance, car la fatigue l'écrase chaque soir davantage.

L'eau s'est annoncée dans les premiers jours par un léger bruit frais, en mince filet qui sourd du rocher, entre deux troncs de lierre. Une trace claire, polie, ourlée de vert. Jeantet a scellé une tuile creuse, en fontaine, à laquelle elle peut remplir son seau. Le rire de Marie réveille la falaise :
- Tu vois, j'ai de l'eau à ma porte ! Je ne t'en offre pas tant !
Jeantet ne sourit pas, la fixe d'un air soucieux :
- Je crains pour toi, Marie, des bêtes et des gens.
- Quelles bêtes ? Les loups ? Je ne les crains pas. Quand ils me sauront là, ils me laisseront en paix. Les ours descendent rarement jusqu'ici. Et les hommes ? Ils ont peur

des loups ! Je suis protégée deux fois : par le respect du loup pour l'homme, et par la peur de l'homme pour le loup !

- Ne ris pas, Marie. Je crains pour toi.

Marie, grave soudain, croise son regard et promets :

- Je prendrai soin de moi.

À la Noël, tout est prêt. Pour la première fois, le feu drape sur les parois des ombres joyeuses. Les réserves, les simples qu'elle utilise pour soigner selon la science héritée de sa mère, ont gagné leur place. Un large plateau de sapin attend d'être dressé sur deux saillies de roche, Jeantet pousse la porte, la barre pour en vérifier le mécanisme, et sourit :

- Te voici chez toi !

Elle s'approche, pose sur son bras une main légère, et, plaisante, lui plante un baiser sur la joue qui le laisse coi. Elle rit à le voir ainsi saisi :

- C'est un remerciement.

Il baisse les yeux :

- Non, c'est nous... C'est pas juste, Marie, c'est toi qui nous donnes...

Elle le fait taire d'un geste.

- Tu ne sais pas ce qui est juste, ni moi non plus. Mais je sais que c'est à moi de te remercier. Je n'aurais jamais pu me loger ainsi si tu n'avais pas été là.

Elle sourit, ajoute :

- C'est un échange, la porte était celle de ta maison !

Il se détend, relève la barre de chêne :

- C'est vrai qu'elle est encore solide. Elle te gardera bien.

- Je l'espère ! Avec le mal que nous avons eu à l'amener ici !

Ils sont remontés une dernière fois au village, à pas lents. Aliette les attend. Elle a boulangé et les miches s'empilent sur la table, tièdes et odorantes. Elle prend la plus belle, l'enveloppe d'un torchon de lin, la pose à part.

Ils mangent en silence, dans la même écuelle. Presque avec recueillement. La soupe est bonne, ce soir, Liette y a mis une large bande de lard. Ils évitent de se regarder. Jeantet nettoie le fond du pot d'un morceau de pain frais. Aliette se lève, un peu lourde, ramène une tourte aux pommes parfumée comme un soleil, et la pose devant eux avec un sourire d'excuse :

"Il m'a semblé... C'était une occasion..." Elle lance un rapide coup d'œil à Jeantet et les mots se bousculent :

"Oh, et puis voilà ! Marie, on t'aime bien, on a peur pour toi. Je te boulangerai du pain avec le mien. C'est juste. Et puis..."

Le rire de Marie l'interrompt, imprévu, qui les surprend, réveille les leurs en éclats joyeux qui les secouent, mouillent leurs cils et les font respirer à grands coups, comme des noyés.

La tourte partagée embue leurs visages en libérant l'arôme doux acide des fruits, Jeantet sort son chalumeau pour accompagner leurs chansons...

Comme je vous aime. Comme le lever a été difficile, ce matin-là, et la marche dans la pente qui m'éloignait de vous.

Pourtant, ce partir d'aujourd'hui m'est bien plus grande peine...

Pardonnez-moi de ne pas vous dire adieu.

Janvier 1288

Il lui a fallu s'inscrire dans un nouveau quotidien, apprivoiser les lumières, les sons, faire sienne la mouvance des arbres, rendre chaque bruissement de l'herbe, chaque souffle de vent, signifiants. Elle sait maintenant la danse du lieu, le glissé de l'effraie, le pas des loups qui contournent la clairière, effrayés par l'odeur du feu.

Le petit matin est froid. Elle tresse ses cheveux. Ses doigts gourds s'emmêlent. Elle s'impatiente, dénoue d'un seul geste la masse fauve, la tord étroitement, la dissimule sous la coiffe qui lui fait un visage de moniale. Elle nourrit le feu, pousse la porte sur le jour qui se lève, met sa cape et sort. Le ciel est bas, uni, à peine teinté de mauve à l'est. La forêt immobile pleure goutte à goutte, la neige lourde se marque de noir à chaque pas.
Elle a quitté l'éclaircie. Elle marche vers Villars sans hâte, assurant le pied sur la pente pour ne pas glisser. La neige recommence à tomber.
Elle monte ainsi chaque semaine auprès d'Aliette qui approche de son terme. Ceux du village savent la trouver là et viennent chercher des soins, des conseils. Ils ont parfois d'autres demandes, liées de haines ou de peur, auxquelles elle ne répond pas et qui la laissent très pâle, le regard blessé.
    - Qu'attendent-ils de moi ? Qu'espèrent-ils ? De la magie ?

- Tu es glacée...

- Me croient-ils donc capable d'attenter à la Loi ?

Marie se détourne dans un murmure :

- Comment peuvent-ils ainsi insulter la vie !

- Pose ta main... Vois comme mon fils est fort !

Liette a un sourire tendre, recouvre la main de Marie de la sienne. Elles reçoivent ensemble le doux remuement de l'enfant. Marie s'adoucit enfin :

- Voilà bien la seule magie que je veuille connaître !

- Je le sais bien ! Je sais bien que tu n'es pas magicienne, mais tu soignes ce qu'ils ne voient pas. Cela les trouble.

Marie a un sourire doux en regardant son amie :

- Que ferais-je sans toi, ma Liette, tu m'es si chère.

Elles restent un brin confuses, peu coutumières de l'intimité des mots, nourries qu'elles sont de la simplicité des gestes partagés. Marie s'écarte, prend sa mante :

- Je dois descendre au prieuré.

- Par ce temps ! Tu as vu la neige ?

- Ça ne fait rien. Il faut que je voie Thomas.

Aliette sait depuis longtemps qu'il ne sert à rien de discuter.

- Ne veux-tu pas manger ? Jeantet ne va pas tarder.

- Merci, mais je n'ai pas le temps. La nuit tombera vite.

Elle examine son amie, s'attarde aux cernes bruns, au léger fléchissement de la courbe des joues, à la pesanteur qui lui noue les reins. Elle sourit :

- Je serai là demain. Ton petit semble vouloir arriver.

- Tu crois !

Elle rit franchement :

- Je crois.

La porte s'est refermée. Dehors, c'est la grande chue, un mouvement blanc et régulier qui étreint la terre en silence et occulte le Lomont. Ne demeure qu'un faible chuintement et un univers imprécis, grisâtre, dansant à l'infini. On n'y voit pas à dix pas.

Elle traverse le village, remonte vers la Charme. Elle frissonne. Elle connaît trop les dangers de la chue. Il lui faut prendre le grand chemin, la percée la guidera, et, sortie des congères qui se forment déjà aux passes du vent, il lui sera plus facile de progresser.

Elle peine, les pieds transis, basculée dans un morne vertige quand la forêt s'ouvre sur un champ anéanti, quand le regard se perd sur le glissement incessant des flocons. L'effort lui mouille le corps. Elle avance, les joues glacées, malhabile à maîtriser son souffle, gagnée par un engourdissement sournois de tous les sens qui entrave ses mouvements. Elle perd pied dans la neige molle, reste un moment effondrée, fixe un tronc tout proche, solide et noir. Dense. Elle s'y appuie, s'arrache à la tentation de se reposer encore, se relève d'un coup de rein. La neige lui monte plus haut que les genoux. Elle lutte, repart...
Devant elle, le pré ondule. Elle secoue son capuchon, cherche un repère. Le chemin est invisible, dissous dans un blanc terne qui gomme tout. Elle marche au jugé, rencontre brusquement un pommier tordu qu'elle reconnaît, incline à droite, sent la présence des bâtiments, pousse enfin la porte de la clôture.

Thomas est là, devant elle.
     - Je t'attendais.

Le sang qui pulse à ses doigts la fait grimacer. Elle secoue les mains, remue les orteils devant les flammes. Ses chausses fument. Elle rit :
     - J'ai cru ne jamais arriver !
     - Folle ! Quelle idée t'a pris de venir par un temps pareil ! Tu aurais pu t'égarer.
     - J'avais envie d'être ici ?
Il rit à son tour :
     - Je t'attendais.

Il lui tend un bol de bouillon qu'elle reçoit au creux des paumes avec un sourire gourmand.

- Je me rends à la chapelle. Chauffe-toi.

Elle acquiesce d'un signe, s'adosse au mur...

Un bruit de voix, dehors, l'aboi étouffé d'un chien l'ont tirée de sa somnolence. Un jour sale entre par les fenestrons. Elle va à la porte. Il neige toujours. De longues silhouettes sombres qu'elle distingue à peine dans la tourmente se hâtent vers la salle du chapitre.

Elle rentre, hésite un instant, laisse errer son regard sur la pièce. À l'abri de l'alcôve, il y a une écritoire dressée de façon à capter le plus de lumière possible.

Elle s'est approchée. Elle détaille les plumes, les couleurs broyées dans les mortiers de pierre, quelques pinceaux de poils roux, des compas, une boulette de mie qui s'effrite... sur le pupitre est fixé un parchemin couvert de signes réguliers comme d'une broderie. Une longue boucle compliquée est déjà soulignée d'encre, d'autres sont simplement esquissées. Au centre, de quelques traits, éclosent des fleurs, des papillons partiellement effacés. Elle effleure d'un doigt le parchemin crémeux, fascinée. Sur l'escabeau sont roulés quelques pages. Les textes en sont achevés et encadrent le vide.

Un dernier feuillet tremble à ses doigts. L'écrit et le dessin s'y interpellent et s'enlacent. Thomas a mêlé là deux écritures, deux encres presque semblables qui s'inventent une géométrie infaillible. L'espace est continûment recréé, sculpté d'initiales liées de feuillages, de figures fragiles lovées en médaillons rehaussés d'or. Un visage souriant, énigmatique, une main posée sur la tête d'un loup qui se noue à la courbe d'une lettre, une miniature qui naît au cœur du texte, qui appelle le regard, le contient tout entier et se dissout en dentelles ocrées à l'approche des mots...

Marie retient son souffle. Il lui semble capter un respir échappé à Thomas, qui la saisit et qu'elle accueille sans en connaître le sens.

Mystère du regard d'un homme devenu tangible dans une architecture de l'esprit qui n'existerait que par l'intimité de la lecture. Création d'une forme capable d'atteindre l'autre, l'étranger, qui peut s'émouvoir ou se taire, pour partager, pour aller à la rencontre. Pour faire acte d'amour...

Thomas porte en son âme une danse sensuelle des couleurs et des mots embrassés qu'il offre avec tendresse, que Marie reconnaît et dont elle se nourrit.

Elle sort. Marche. Pousse la porte de la chapelle qui pivote sans bruit. Il fait sombre. Les vitraux boivent le gris du soir. La flamme des cierges joue sur les ors de la voûte. Les murs sont noyés d'ombre. À genoux sur les dalles glacées, Thomas prie.

Marie n'ose pas avancer. Le visage extatique de Thomas lui parle d'inconnu. Elle s'adosse au vantail, se laisse glisser lentement jusqu'au sol en ramenant autour d'elle les pans de sa cape. Le silence est absolu. Les flammes vacillent à peine...

Elle tressaille, ouvre les yeux, reçoit d'un seul coup le froid qui lui roidit les membres. Thomas s'est relevé, passe les mains sur son visage et, en se retournant, la voit accotée à la porte. Ils se sourient, sans un mot, confiés l'un à l'autre, et regagnent sans hâte le chaud de la cuisine.

Il fait nuit. Il neige incessamment.

La porte s'est refermée derrière eux avec un sourd raclement. Thomas rassemble les tisons épars, fait renaître la flamme de son souffle. Elle apporte une brassée de charbonnette. Le feu craque, illuminant leur visage.

Ils sont immobiles, plongés en eux-mêmes vers cet endroit où la pensée hésite entre le rien et l'incongru dans une bienheureuse errance.
Marie a les mains jointes sur ses genoux, le buste infléchi, noyé dans le sombre du vêtement, le cou offert, velouté.
Elle est vulnérable, donnée. Infiniment. Et infiniment forte de ce don.
Thomas est resté arrêté dans le geste, un genou en terre, les mains découpées en clair sur la bure. L'ombre lui creuse les joues, précise la courbe moqueuse de la bouche, y glisse un pli de sourire.
Ils ne parlent pas. Ils n'ont rien à dire. Tout est dit depuis longtemps. Ils ont laissé la vie à la porte. Le silence déployé répare tranquillement l'usure des mots, les remet à neuf. Leur redonne sens jusqu'à l'insupportable.

Thomas bouge enfin.
    - Il fait noir.
    - Je crois qu'il neige toujours.
    - Oui.
Il constate :
    - Tu ne peux pas repartir ce soir.

- Non ?

Ils passent un instant réfléchi, chacun renvoyant à l'autre son image.

- Eh bien, tu restes ici.
- C'est raisonnable ?
- C'est la seule chose possible.

Ils en sont contents.

La porte qui s'ouvre brusquement les fait sursauter. Le père Enguerrand secoue la neige de sa gonelle, leur sourit avec sa chaleur coutumière, s'avance d'un pas vif vers le feu, bousculant la quiétude de la pièce. Il échange avec Thomas un regard de franche amitié.

Derrière lui, figé, l'homme que Marie a accompagné à l'automne la dévisage avec incrédulité.

- Une femme ! Une femme dans la clôture, la nuit !

C'est presque un murmure, sous-tendu de violence, et peut-être de désespoir. Il s'enroue, reprend plus fort :

- Vous tolérez la présence de cette... créature ! Ici !

Thomas hausse imperceptiblement les épaules. Le prieur sourit, affable :

- Il n'est ici qu'une règle : laisser s'exprimer l'amour divin en toute chose, et en toute rencontre. Marie est toujours bienvenue, et je ne la laisserai certainement pas repartir par ce temps.

- Mais c'est une démoniaque ! Regardez-la ! Elle porte la marque du diable !

Elle a reçu les mots comme des coups. L'étonnement lui fait hausser le corps. Le visage de Thomas s'est durci. Il rétorque presque sèchement :

- Marie est guérisseuse. Elle vous a aidé.

Je sentais les larmes couler en moi. Comme du sang. La souffrance coulait en moi. Elle coulait sans fin. Comme du sang. Comme si j'allais y perdre ma vie. Je perdais le sang de mon âme.

Je le voyais, prêt à blesser encore. Il était si douloureux... J'ai eu peine pour lui, pour ce besoin qu'il avait de m'atteindre, pour cette désespérance.

J'ai souri. Et à l'instant de ce sourire, j'ai su que je pouvais l'aimer, vraiment. Je lui offrais le sang de mon âme dans un sourire.

Dans le temps arrêté de ce sourire, elle est très belle. Navrée et acceptant de l'être. Sans condition.

Désarmée.

Désarmante.

C'est lui qui recule, se tait.

Le père Enguerrand regarde Marie, les yeux bleus comme des soleils, tendrement émerveillé. Il dit avec amitié :

 - Bien. C'est réglé. Marie dormira ici.

Il se tourne vers Thomas :

 - Nous passerons la nuit en prières pour les voyageurs égarés. Une étincelle d'humour accompagne le sourire qu'il offre à l'homme :

 - Mon frère, vous pouvez vous joindre à nous si vous le souhaitez.

L'homme acquiesce avec raideur, remonte son capuchon et sort. Son désarroi visible émeut Marie qui esquisse un pas vers lui, qu'il ne voit pas. La porte s'est refermée.

 - C'est une âme blessée, Marie, tu n'y peux rien. Il te faut prendre garde, cependant... Mes enfants, je vous laisse. Soyez en paix.

Elle s'est retirée sur l'archebanc. Elle est songeuse :

 - Pourquoi le diable ?

- Parce qu'il confond les ténèbres avec sa propre obscurité. Parce qu'il a peur... et qu'il se fuit. Puisse-t-il ne jamais rencontrer le Mal, l'absolue pauvreté en lumière... en amour. Le démon qu'il pourchasse n'est que celui de sa propre matérialité.

Il réfléchit un instant, relève les yeux avec un peu d'ironie :

- J'ai compris la différence un jour où ma méditation m'a mené à approcher cette réalité... troublante.

Il rit :

- Je dois t'avouer que j'ai eu une peur bleue ! Je me voyais marcher dans une lumière très blanche, magnifique et presque insoutenable. Et, d'un coup, j'ai basculé dans l'ombre. Je descendais sans fin vers l'obscurité et me suis retrouvé dans une pièce ronde, au centre de laquelle il y avait un feu qui éclairait les murs de roux. De l'autre côté du feu, un être cornu et barbu m'observait avec ironie... et une certaine amitié !

Je ne m'étendrai pas sur l'état de malaise qui était le mien ! Tu peux l'imaginer sans peine. J'ai saisi ma croix, prêt à tout, et suis resté interdit : Il a éclaté de rire, un vrai rire joyeux, a pointé le doigt vers ma croix, et m'a dit :"Je suis le bois dont elle est faite !"

C'était gigantesque. Ma peur s'est évanouie, j'ai ri aussi et me suis trouvé plongé dans les ténèbres. Vibrantes... palpables... que je pressentais organisée. Et au moment où j'ai compris cela, la lumière m'a aveuglé. J'étais en même temps pris dans les ténèbres, et inondé de lumière. Je procédais des deux. J'ai senti en moi la rencontre de ces deux forces. Je luttais désespérément contre elles, je les percevais affrontées, puis liées comme deux mains qui s'étreignent.

J'ai cédé d'un seul coup. Je me suis alors embrasé d'un flot de couleurs indicibles, de formes manifestées. L'échange s'est accompli et m'a disloqué. J'étais immense et puisant, traversé de lumières changeantes... Un homme... Marie, ce diable-là est indispensable à la cohésion de la matière, il n'est à craindre que si l'on s'identifie à elle.

... Le Mal, l'obscurité glacée et mortelle, celle qui est absence de lumière, absence réelle, perdition, n'a rien à voir, et prions Notre Seigneur de ne pas avoir à l'affronter.

Ils restent un moment silencieux. Thomas a plongé le visage dans ses mains. Marie a les yeux clos. Elle se met à parler à son tour avec une grande douceur.
Elle parle de vie, de la puissance de l'amour qui s'écrit dans la vie. Elle dit les vagues vivantes qui approchent de la terre et qui la nourrissent. Elle dit la mouvance des formes qui se succèdent en leur temps, croissantes en beauté et en sagesse. Elle dit "métamorphose". Elle dit "incarnation".
Thomas s'est levé vivement :
        - Par Dieu, Marie ! Si quelqu'un nous entend, nous sommes bons pour le bûcher ! J'ai vu commettre des atrocités pour bien moins que cela ! Je comprends que tu en inquiètes quelques-uns !
Il arpente la pièce à grands pas. S'arrête brusquement avec un grand rire.
        - Je peux parler ! Nous ne pouvons renier ce que nous sommes...
La cloche a tinté. Elle sonne à intervalles réguliers depuis que le soir est tombé. Thomas répond au coup d'œil interrogateur de Marie :
        - Nous sonnons ainsi pendant les nuits de tempête ou de brouillard. Cela peut permettre aux voyageurs de s'orienter.
Il remet du bois, tisonne le feu, met de l'eau à chauffer tout en parlant :
        - Le prieur a raison. Tu dois faire attention. Les exaltés courent la campagne en ce moment. Ils brandissent Dieu comme une arme, en annonçant des calamités. Ils attisent les passions, les esprits sont prompts à s'échauffer. Toute différence peut devenir prétexte à médisance et à malfaisance. Il règne une véritable obsession de la sorcellerie. J'y vois pour

ma part un très joli piège de celui qu'ils craignent tant ! Il doit s'en réjouir fort ! Mais l'inquisition est puissante, même en Bourgogne, et je t'assure que tout n'y est pas inspiré par Notre Seigneur...
On parle à nouveau de croisade. Tant que la peur sera maîtresse du cœur des hommes... Thomas hésite, ajoute tristement : Le Seigneur me mène parfois sur des chemins qui ne me plaisent guère...

Je ne savais rien alors de cette vie -là. Tu t'absentais quelques jours, un mois, une saison. On te disait en Bourgogne, à Bâle, et même en Würtemberg, depuis que les Montbéliard prêtaient allégeance au Saint Empire.
Tu revenais silencieux. Tu t'abîmais en prières. Seul. Je t'ai vu ainsi plusieurs fois, de loin, dans la forêt ou au bord de la rivière. Absent, encore...
Puis au bout de quelque temps, tu reprenais vie et sourire, tu plaisantais à nouveau, et réapparaissait l'homme gai et chaleureux que je connaissais, à chaque instant disponible.
Tu soutenais, et le père Enguerrand avec toi, que la prière pouvait être aussi l'action accomplie dans l'amour. Il t'était inconcevable de faire attendre la vie.

Je crois que ta lucidité et ton intelligence politique t'avaient mené à une vie publique qui te pesait parfois. Tu étais bien plus que ce moine inspiré qui faisait de crêpes comme personne, ourlait les parchemins de fleurs, et n'hésitait pas à patauger, la robe roulée à la taille, pour chercher des écrevisses.

- Tu sais, cet hiver m'est très doux. Je ne repartirai pas avant l'été et je peux travailler librement au livre d'heures de la dame de Neuchâtel. Tu l'as vu ?

Il va vers l'écritoire, déroule délicatement le feuillet achevé.

- Je suis content de celui-ci.

Il relève la tête, sérieux :

- J'aimerais t'apprendre à écrire et à lire. Je suis sûr que ça te plairait.

- Tu n'en as pas le temps et ça ne me servirait à rien ! Mais j'aimerais me servir des couleurs. Est-ce que je pourrais peindre la pierre comme tu le fais avec le parchemin ?

Elle est brutalement interrompue par des abois furieux qui éclatent au-dehors. Ils perçoivent des appels. Thomas sort en hâte, il y a des éclats de voix, un ordre à Pilou qui se tait enfin. La porte s'ouvre un instant plus tard. Un homme entre, portant un enfant. Une jeune femme titube à sa suite, visiblement épuisée.

Thomas et le prieur avancent un banc près du feu. Marie a déjà versé l'eau bouillante sur les pousses de ronces, ajoute du trèfle et une grosse cuillerée de miel, se défait de son châle qu'elle pose sur les épaules de la femme. Le jeune frère Lambert a sorti le pain, les bols. Thomas dévêt l'enfant avec des gestes précis, le frictionne vigoureusement, l'enroule dans une couverture.

- Ne dites rien. Réchauffez-vous d'abord.

Le prieur verse la tisane. Ils boivent du bout des lèvres avec un petit bruit mouillé, les paumes collées au ventre des bols. L'homme lève enfin la tête :

- Je m'appelle Huguenin, et voici ma femme, Sarah. Le petit, c'est Moh. Nous rentrons à Toulouse, où je suis né. Nous nous sommes arrêtés à Croix pour laisser passer le mauvais temps... Je suis forgeron, il y avait du travail.

Il passe la main dans ses boucles drues. Ils sont tous les trois très bruns, les prunelles sombres, le teint mat.

- Nous avons pris la route au printemps dernier.

Il se tait, tourne et retourne le bol dans ses mains. Le père intervient avec douceur :

- Pourquoi êtes-vous partis par ce temps ?

La femme étouffe un sanglot, serre son enfant contre elle. L'homme se décide enfin :

- Ils disent que Sarah a le mauvais œil...

Thomas et Marie échangent un regard.

- Que s'est-il passé ?

- Il y a eu un accident une semaine après notre arrivée. Un petit qui est tombé dans un puits. Et un peu plus tard, un arbre qui a tué un bûcheron et estropié son fils. C'était des accidents. Personne ne pensait autrement. Et puis, il y a eu les porcs...

Le silence s'installe.

-...Les porcs ?

- Ils se sont battus, à la glandée... tous les porcs du village... le gamin qui les gardait s'est sauvé. Ils se jetaient les uns sur les autres, se mordaient... fous, ils étaient. Il a fallu en abattre quatre tout de suite. Personne n'a compris. Mais quelqu'un avait vu Sarah ramasser du bois à cet endroit le matin. Ça s'est dit, c'est tout...

L'homme se racle la gorge, boit une gorgée de tisane. Marie lui voit les yeux trop mouillés. Les larmes roulent sur les joues de sa femme en deux sillons brillants.

- Ensuite... Il s'enroue. La suite, c'était hier. On n'a jamais vu ça... Des pies, des corbeaux... ça criait, ça volait dans tous les sens. Des tas et des tas de pies. Elles tournaient au-dessus du village, ça faisait un vacarme épouvantable. Elles se battaient comme les porcs. Elles tombaient sur les toits, dans les potagers, partout. Quand ça s'est arrêté, on a eu peur du silence.

Il s'interrompt, perdu dans son souvenir. Tous ont déjà compris.

- On a ramassé de pleins baquets d'oiseaux morts. Personne ne parlait... Et puis, j'ai entendu Sarah crier. Elle

était entourée de femmes qui l'insultaient. Elle s'est dégagée, je l'ai vu courir. Elle a reçu des pierres...
Il inspire trop fort.

- Je ne sais plus bien... Quelques hommes se sont interposés. Joul m'a pris à part, m'a dit de partir, vite. Il n'avait pas de haine. Nous avons passé la nuit dans sa grange. Au matin, il nous a apporté à manger, nous a dit qu'à Glay, nous trouverions asile. Nous nous sommes perdus. La nuit est tombée. Nous avons entendu la cloche...

Marie s'est avancée vers Sarah. Elle prend l'enfant endormi et le tend à Thomas qui va l'allonger sur l'archebanc. Elle aide la jeune femme à se relever, la mène à l'alcôve. Sarah pleure comme on se lave, à grande eau.
Marie la laisse s'apaiser, l'aide à se dévêtir, examine les larges ecchymoses qui marquent la chair pâle. Elle les enduit de baume avec délicatesse, rajuste les vêtements, repose le châle sur les épaules tremblantes. Elle prend ses mains dans les siennes, scrute le visage défait :
- Il m'a semblé que tu boitais ?
La jeune femme rougit légèrement :
- Je n'ai pas dit à Huguenin... Il n'a pas vu...
Elle remonte sa jupe salie, dégage sa jambe des hautes chausses avec difficulté. Le tissu est raidi, adhère à la peau. Marie l'arrête :
- Il faut de l'eau.
Elle va en puiser, la tiédit d'une louchée brûlante, souffle à Thomas :
- Il faut que tu m'aides. J'ai besoin d'argile et de buis si tu en as.
- Il ne me reste plus d'argile. Le buis, en décoction ? Il y en a.
- Oui, merci.

Patiemment, elle décolle l'étoffe souillée. La plaie est vilaine, comme une déchirure. Sarah, très pâle, serre les dents. Thomas arrive, un bol à la main, qu'il pose en hâte pour cueillir la jeune femme à pleins bras au moment où elle s'effondre.

- Ça n'est pas beau !

- J'ai peur que cela ne s'infecte. Tu n'as vraiment plus d'argile ?

- Non.

Marie réfléchit, tendue.

- Du miel !

- Pardon ?

- Oui, du miel ! Ça peut aller. Je m'en suis servie quand je n'avais rien d'autre. Mais jamais sur une blessure pareille.

Thomas apporte la charpie, le pot de miel, regarde Marie nettoyer la plaie, remarque avec un brin d'ironie :

- C'est facile à laver, à défaut d'être efficace !

- Mais ça sera efficace !

Le bandage est enfin en place. Sarah a repris quelque couleur. Elle semble flotter à la limite de la conscience.

Marie en profite pour explorer rapidement ce qu'elle appelle "l'autre corps". Elle hausse les sourcils, recommence.

- Elle est enceinte.

Thomas s'est retourné tout d'une pièce.

- Cela ne se voit pas. Comment peux-tu le savoir ?

- Je le sens, là.

Elle esquisse un geste gracieux :

- Elle n'en est peut-être pas sûre.

- Et toi, oui.

- Oui.

- Il faut que tu m'expliques.

- Cela ne s'explique pas. Tu le sens, ou pas.

- Comment cela ?

- Tu dois admettre l'idée que c'est possible. Ensuite, laisser faire, en mobilisant ton attention, mais sans désirs, parce que si ta pensée intervient, cela ne fonctionne pas. Tu recevras ce que tu veux, ou plutôt tu croiras recevoir, mais cela n'aura aucun rapport avec ce qui est... Ensuite, tu apprends, sans arrêt. Tu reconnais, tu hésites, tu te fais humble, et tu finis par traduire de mieux en mieux. Personnellement, je reçois avec mes paumes, et j'affine avec les doigts. Je pense que chacun à une façon de faire qui lui est propre.

Ce que je peux affirmer, c'est que l'on peut ainsi déceler un désordre qui n'est pas encore apparent, un peu comme si ce corps-là était malade le premier. C'est tout. Je ne sais ni pourquoi, ni comment. Je pense que tout le monde peut parvenir à le percevoir, plus ou moins bien, comme l'on chante plus ou moins juste, selon sa nature.

Elle n'a jamais tant parlé. Elle ajoute avec un sourire d'excuse :
- C'est peut-être mon imagination, mais ça marche !
- Je sais...
Thomas la fixe d'un air songeur, mi-sceptique, mi-admiratif...

Le frère Damien a apporté des paillasses qu'ils installent près du feu. Huguenin aide Sarah à s'étendre. Les mots se fondent en gestes ralentis, Paul et Lambert distribuent les couvertures fourrées. Damien rentre du bois, le père Enguerrand s'assure que tout est bien, leur sourit avec chaleur :
"Nous vous mènerons demain à Glay, avec le mulet. Vous y serez en sécurité."

Les moines se sont retirés. Ils sonneront la cloche toute la nuit. Marie reste là, à entretenir le feu et veiller sur le sommeil des passants. Elle se soucie d'Aliette. Écoute la respiration régulière des dormeurs. Demande au petit peuple de leur être clément.

Elle se lève, pose devant elle, près du feu, une coupe de terre emplie d'eau. Souffle doucement pour attiser la flamme.

Puis, rassemblée, elle s'abîme dans une conversation intérieure qui l'éclaire. Huguenin, à demi endormi, l'observe un instant, puis, rassuré par la paix qui la nimbe, referme les yeux.

Damien les accompagne à Glay le lendemain, un peu avant tierce. La neige chuchote sous leur pas avec un grincement feutré qui agace les dents. Le temps s'est remis au soleil.

Aliette a eu son petit le soir même. Un garçon. Je suis restée quelques jours auprès d'eux, puis j'ai regagné la combe.

Hiver 1288

Quand je revois cet hiver-là, j'en ressens d'abord la froidure. La bise soufflait sans désemparer depuis le début du carême, rendant les sons coupants et la neige craquante.

Je visitais les villages des alentours chaque semaine, comme de coutume, et me rendais régulièrement au prieuré. Thomas, alors, m'apprenait à broyer les couleurs, guidait mes doigts pour emmancher un pinceau, tailler une plume, m'enseignait l'usage de la terre et des plantes afin de composer pigments propres à peindre la pierre, tandis que le jeune frère Lambert, qui nous estimait fort, préparait des parchemins avec application.

Par ailleurs, j'employais tout le temps que me laissait la préparation des médecines à marcher, à me taire, en écoutant la forêt. Me parvenaient quelquefois l'écho d'une chasse, le choc des cognées, le cri d'un arbre abattu.

Je prenais lentement ma place dans la respiration de la terre, fascinée par la consciente indifférence de ce qui est.

C'est en ces temps de gel que j'ai croisé les loups et que nous avons conclu le secret accord de l'esprit qui ne s'est jamais démenti.

C'était, je crois, après la mi-carême. Je revenais du village à l'heure où le soleil commence à dériver lentement vers l'ouest. Une sourde agitation me pressait... Il me semble encore sentir la tiédeur du pain sous mon bras, la bise aigre qui soulevait les pans de ma cape. Je traversais les prés quand je vis les brebis du village qui paissaient sur le revers, grattant du sabot pour atteindre l'herbe. Le soleil qui craquait en bleu sur la neige gelée les faisait paraître pelucheuses et roussâtres. Je reconnus la voix de Colas qui huchait pour les éloigner du couvert. Je me suis arrêtée.

La forêt s'imposait à moi comme un avertissement. La bise se faisait insistante. Je fixais avec malaise les brebis qui quêtaient près des arbres, sans doute à la recherche de glands oubliés. Malgré la clarté, le bois me semblait gris, hostile, j'en sentais la menace.

Je vis comme en rêve Colas se retourner, s'immobiliser, frappé de stupeur, en retenant son frère. Je ne suis pas sûre d'avoir couru, et pourtant j'étais près du troupeau qui, enfin alerté, me présentait une rangée de croupes figées, cherchant de toutes ses oreilles ce qui l'avait inquiété. Le vent venait du village, ne portant que l'odeur familière du feu.

En face, en attente, il y avait deux loups.

Je n'ai pas réfléchi. Je me suis avancée. Je voyais les frissons qui secouaient les enfants bienheureusement rendus muets par la peur. Les brebis, tendues, ne bougeaient pas. Je percevais à mes côtés une présence flamboyante, démesurée et protectrice, dans laquelle je puisais force et assurance. Les loups m'observaient. J'approchai jusqu'à capter l'éclat doré de leur regard qui me dérangeait à force d'attention.

Je portais toujours le pain. Je me suis mise à parler très doucement, sans conscience des mots, simplement parce que ce son régulier calmait les brebis dont je craignais la fuite. Je rompis le pain avec des gestes amortis. Il eut la grâce de céder sans heurt. Je le posai à terre. Je savais le regard des loups sur moi.

Je me centrai, projetai ma pensée vers la leur, les saluant, leur présentant le pain, leur désignant les enfants, le village, protégés de lumière. Les remerciant. Je touchai un esprit fier, libre, puissant et organisé, je reconnus la faim qui les tenaillait, la nécessité de leur chasse. Je leur promis de la viande pour le soir, et je reçus leur acceptation pour ce que ma demande leur semblait juste.

J'ai reculé lentement jusqu'aux enfants, nous nous sommes détournés. Les brebis se regroupaient avec nervosité, mais sans panique. Les loups n'avaient pas bougé.

Quand je me suis retournée, au fond du pré, le pain avait disparu.

Ce n'est qu'une fois tout le monde à l'abri que je me suis mise à trembler comme peuplier au vent sous les yeux effarés d'Aliette qui ne savait que faire. La force qui m'avait soutenue jusque-là s'était simplement retirée, m'abandonnant à ma faiblesse...

Au crépuscule, je suis partie avec Jeantet porter à la lisière la carcasse d'une vieille chèvre que nous venions d'abattre.

Jeantet ne m'a rien demandé. Je ne lui ai rien dit. Ça n'était pas nécessaire.

Cette histoire a pourtant pris des proportions hors de raison. Les enfants ont raconté ce qu'ils avaient vu et, dans ce que je ne croyais être qu'un rapport normal entre l'humain et l'animal, beaucoup ont vu de la magie. On a été jusqu'à affirmer que je marchais, la nuit, à la tête des loups, pendant la pleine lune. On m'a supposé Garou. C'est la vieille Mahaut qui a mis fin aux rumeurs en faisant remarquer avec bon sens que les nuits de pleine lune étaient favorables aux enfantements et que l'on me voyait donc plus souvent au chevet des accouchées qu'à la tête d'une meute. Quant à être Garou, elle en rit à rendre tripes, et raconta la chose comme une farce à ceux-là même qu'elle savait y croire. Elle ajoutait avec un sourire en coin que le meilleur moyen de protéger les semailles était de sacrifier du petit grain aux oiseaux, que je n'avais pas agi autrement, et qu'il était étonnant que personne n'y ait songé plus tôt.

Malgré l'aide inattendue de Mahaut qui était habituellement prompte à me critiquer, on me regardait différemment. Je savais bien pourtant n'avoir rien fait que de très ordinaire, rien de plus, en tout cas, qu'un bon charretier avec ses mules, ou un berger avec son chien. Les loups connaissaient mon odeur, et m'avaient admise dans la clairière. Pourquoi ne m'auraient-ils pas entendue ?

L'agitation est enfin retombée. Le temps devenait plus clément. Les fêtes de Pâques approchaient, la neige avait fondu d'un coup, dénudant un sol poisseux taché de feuilles noircies.

Dans les creux de mousse, j'ai cueilli les premiers perce-neige. Un frisson de printemps passait sur la forêt. Je devinais parfois la silhouette furtive d'un loup aux abords de la clairière. Je pris l'habitude de partager mon pain avec eux. Thomas en riait...

"Marie, tu m'enchantes ! Ils te croient magicienne, mais tu es une enchanteresse : Tu charmes les loups, tu guéris avec du miel, tu touches ce que les autres ignorent, et tu arrives, comme si de rien n'était, avec des fleurs pour la chapelle !
 - Moque-toi !
 - Loin de moi cette idée, ce pourrait être dangereux ! Il redevient sérieux.
 - Trève de badinage. Je voulais te voir. J'ai besoin de ton conseil : Paul tousse, et je n'aime pas ça.

Marie se rembrunit. Thomas ne s'inquiéterait pas sans raison. Il est habile rebouteux, connaît les simples aussi bien qu'elle, et marie avec bonheur science et intuition. S'il veut un avis, ce n'est certes pas par méconnaissance, mais bien parce que son esprit refuse ce qu'il sait déjà.
Elle croise le regard soudain attentif de Damien qui tresse en silence une corbeille de chèvrefeuille. Thomas fixe le feu sans le voir.
 - Il faudrait que je l'examine.
La porte s'ouvre, poussée avec un enthousiasme qui les fait sursauter :
 - Le père te demande, Thomas.
Paul aperçoit Marie, lui sourit largement, entre, tout essoufflé.
 - Bonjour.
Pilou trépigne sur le pas de la porte, queue et tête balancée en cadence, plissant les babines d'un air avenant. Marie va le saluer, fourrageant à deux mains dans la masse des poils qui bouclent à son col. Le regard du chien se fait tendre. Il pousse du nez dans la main de la jeune fille, se frotte à sa jupe comme une genette. Elle ne peut retenir un rire devant tant

d'insistance à se faire caresser. Thomas réclame le passage en souriant, lui glisse en repoussant le chien :

- Je te le dis : enchanteresse !

Elle rit, retourne auprès du feu, tire un escabeau :

- Paul, assieds-toi. Il paraît que tu tousses ?

- Oui.

Il s'assied docilement.

- Thomas l'a dit ?

- Oui, Thomas me l'a dit. Veux-tu que je regarde ?

Il hoche la tête. Elle le trouve un peu amaigri, le souffle court, le regard plus creux que d'habitude. On y sent moins d'insouciance.

Elle l'examine longuement, s'informe de la progression du mal, interroge l'autre corps. La tension lui modèle une figure sévère. Elle sourit enfin :

- Il faudra te reposer quelque temps, éviter l'humidité et te nourrir convenablement. Je vais voir avec Thomas ce qu'il convient de te donner.

Thomas est revenu discrètement. Il se tient coi, accoté au montant de la porte. Marie lève vers lui un visage navré. Il baisse les yeux. Au même instant, Damien se dresse avec un fort soupir, secoue son froc à grand bruit, s'attirant des regards surpris :

- Eh bien, mes enfants, l'immobilité me fait grincer le corps ! Accompagne-moi donc, Paul, nous allons chercher de quoi fleurir la chapelle. Les perce-neige de Marie sont très bien, mais nous pourrons peut-être étoffer un peu le bouquet.

Il se penche vers le garçon avec un murmure de connivence en l'entraînant vers la porte :

- Ils vont se mettre à parler tisanes. C'est d'un ennui ! Que Dieu me pardonne, mais je déteste la tisane...

Thomas s'est approché de Marie. La porte s'est refermée doucement.

Il vient derrière elle, pose ses mains sur ses épaules.

- C'est donc bien ce que je supposais ?
- Oui.
- Et que peut-on ?
- Rien, ou presque. Tu le sais bien.

Ils restent silencieux. Elle relève enfin la tête :

- Nous allons essayer... elle a un sourire sans joie, tu vas encore dire que j'aime le miel !
- Et... combien de temps ?
- Je ne sais pas. Ça dépend de lui.
- Eh bien, nous le soulagerons. Et avec l'aide de Dieu, nous le sauverons peut-être, notre petit frère.

Elle sent la brisure des derniers mots. Elle se libère de sa peine, oblige sa vitalité à refaire surface.

- C'est ainsi. Il ne sert à rien de se lamenter, il nous faut faire face. Alors, réfléchissons. Aude préparait une décoction de bouillon blanc dans du lait dont ses pratiques se disaient bien. Nous pouvons peut-être y joindre de la pulmonaire et du coquerico, si tu en as. Et si nous n'obtenons pas de résultats, nous pourrons essayer un mélange de chêne et de centaurelle en parties égales, avec une demi-partie d'herbe sainte.

Thomas réfléchit dans une attitude qui lui est familière, visage plongé dans ses doigts croisés, tout entier centré sur sa pensée.

- On dit grand bien de la conserve de rose, dans ce cas. Je dois pouvoir en préparer à la belle saison, dussé-je efflorer tous les rosiers de la région, à commencer par ceux de Damien. Dieu se contentera des fleurs des champs et du sourire de Paul.
- En attendant, il me reste un pot de miel rosat. Il pourrait en prendre un peu chaque soir ?

- Ça paraît bien.

Il hausse un sourcil moqueur.

- Que deviendrais-tu sans miel ?

Il approche de la porte, l'ouvre presque brutalement. Un courant d'air acide couche les flammes, soulevant un nuage de cendres. Un instant, sa main se crispe sur le battant à en blanchir les jointures.

- J'espérais tant me tromper...

Marie ne sait que dire. Depuis qu'il a trouvé Paul à la porte du prieuré, s'est nouée entre eux une profonde affection, et s'il est vrai que tous ici l'aiment sincèrement, Thomas perdra un frère tant par le cœur que par la foi.

C'est elle, à présent, qui avance, noue fugitivement ses doigts aux siens.

- Viens, allons prier.

Il n'en est pas surpris alors même qu'il la sait éloignée de toute piété. Il la suit, admirant sa vaillance et le don qu'elle a de secourir, sans le savoir, par cette flexibilité, cette vigueur de l'âme qui la font redresser toujours, relevant les autres d'un même élan.

Elle se tourne vers lui à la porte de la chapelle, les yeux pailletés de soleil, une main arrêtée au vantail, avec un sourire apaisant qui lui dénoue le cœur. Il entre dans l'ombre derrière elle, tombe en prière comme on coule, gardé par le souffle léger qui s'unit au sien.

Damien et Paul ont posé sans bruit les fleurs devant l'autel. Le mouvement de leur robe a fait vaciller la flamme des cierges.

Ils se sont agenouillés. Paul a un sourire heureux.

Mai 1288

Les fêtes pascales sont passées. Les premières cueillettes ne laissent à Marie que peu de temps pour jouer avec le petit Pierre, au côté d'Aliette. Les claies de noisetier sont dressées à l'ombre, couvertes de fleurs, de feuilles, d'écorces nouvellement récoltées. Au parfum des simples s'ajoute la puissante odeur des narcisses dont elle fait de gros bouquets qu'elle pose à sa porte. Elle fait ample provision d'herbe à poumons, de bourgeons de sapin poisseux, en pensant à Paul.
Les remèdes et la douceur des jours qui rallongent ont semblé efficaces. Paul tousse moins, paraît respirer plus librement. Mais tous ont remarqué qu'il ne court plus tant, économise ses gestes. Il reste volontiers assis, Pilou à ses pieds, à surveiller les brebis en fabriquant pour Marie des paniers plats et serrés destinés au séchage des petites fleurs. Elle, vient de temps en temps s'asseoir à ses côtés. Ils tressent alors des couronnes dont ils se coiffent en riant.

Ce matin de mai les trouve installés au bord de la rivière. L'eau transparente est tachée de lumière, les algues ondoient, prêtes à fleurir. Ils surveillent les poissons qui cherchent le soleil aux creux des berges, à l'écart du courant, et restent paresseusement sur place à guetter les moucherons. Il fait chaud. Les abeilles s'activent avec un bourdonnement régulier et tranquille. Paul montre à Marie les porteuses d'eau qui se ravitaillent sur un banc de sable, à quelques pas d'eux.

- Elles préfèrent puiser là : elles ne craignent ni les poissons ni la noyade.

Pilou s'agite sur la rive, fasciné par une brindille qui tourbillonne dans un remous. Il hésite, se trémousse, finit par sauter, faisant jaillir des gerbes d'eau verte. Marie, trempée, éclate de rire.

En haut du verger, le père Enguerrand se retourne. Il y a bien longtemps, une jeune femme riait ainsi, avec ce timbre frais comme une éclaboussure... Il se surprend à sourire à ce souvenir, presque étonné de n'en ressentir aucune souffrance. Juste ce peu de nostalgie fugace qui effleure l'âme avec un parfum, un chant, ou une fleur décolorée entre deux pages d'un livre. Thomas l'attend un peu plus loin. Lui aussi regarde Marie.

Elle rajuste sur son front le ruban qui retient ses cheveux, rassemble la masse fauve d'un lacet sur sa nuque. Le lin clair qui la vêt précise sa silhouette.

- Elle est femme.

Enguerrand dissimule un sourire devant l'expression préoccupée de son compagnon.

- Oui, elle en a en tout cas l'apparence, on ne peut l'ignorer, et elle est tellement nourrie de forêt et d'espace qu'elle en garde une sorte de... sauvagerie qui la rend bien attirante, ma foi...

Du coup, Thomas sursaute. Il regarde le prieur avec effarement, lui voit l'œil pétillant de gaieté, se prend à rire de sa méprise avec soulagement :

- Je vous croyais ensorcelé !

- Mais je le suis ! Cette fille me rapproche de Dieu toutes les fois que je la rencontre. Elle est fille d'Ève, complètement, sans artifices ni mensonges. De par notre état, nous sommes reclus dans un monde d'hommes. Elle nous montre l'autre versant de la vie. J'apprends à travers elle à me connaître mieux. Et n'est-ce pas un grand bonheur que de côtoyer de tels êtres ?

Thomas acquiesce. Ils la regardent en silence tendre la main à Paul pour l'aider à se relever, ramasser les fleurs qu'ils ont cueillies, remonter gaiement, parlant avec une animation qui lui rosit les joues. Elle lève les yeux, les voit tous deux immobiles, prononce quelques mots en les désignant à Paul qui se met à rire. Il s'arrête à mi-pente en cherchant son souffle. Elle l'attend. Elle tient ses mains en souriant, le rassure d'un regard lumineux.

Quand ils arrivent près des deux hommes, ils ont l'air complice d'enfants qui ont fait des bêtises. La chaleur leur empourpre le visage, noue des frisons moites à la nuque de Marie.

- Vous moquiez-vous de nous ? Vous en riez encore ! L'animation lui sied, elle étincelle :

- C'est qu'à vous voir droits et sérieux sur la butte par cette chaleur, on aurait pu vous croire destinés à éloigner les oiseaux. L'ombre des arbres ne nuirait pas à votre méditation et vous éviterait une insolation.

- C'est la sagesse même, Marie. Nous sommes en plein midi.

Le prieur se tourne vers Thomas :

- N'y aurait-il pas de la tarte au goumeau ? Il m'a semblé en percevoir l'odeur. Et je boirais avec plaisir un bol de cervoise.

- Je crois que vous n'êtes pas le seul. Paul, va donc chercher les autres. Je vais porter ce qu'il faut sous les bouleaux avec Marie.

Le père les suit plus lentement, songeur. La haute silhouette de Thomas disparaît dans la cuisine. Il a bientôt trente ans. Quand le prieur l'a rencontré, c'était un adolescent brûlant d'amour, d'une intelligence et d'une sensibilité hors du commun. Il est né homme de Dieu comme d'autres naissent guerriers. Absolument. Peut-être n'a-t-il pas été encore face à lui-même...

Il connaît bien le chemin des hommes, lui qui a abandonné à son cadet son fief du Paligny pour prendre la robe quand sa femme s'est éteinte, emportant dans la tombe l'enfant qu'elle portait. Qui en a été broyé de douleur jusqu'à en renaître, qui a été connu comme le Rebelle de Dieu pour ce qu'il a tenu tête à l'Église au nom de Christ, refusant de siéger au tribunal d'inquisition, refusant d'exclure ou de juger. Il est maintenant en paix, œuvrant dans la prière, accueillant tous ceux qui le désirent. Il laisse s'épanouir la vie dans toutes ses expressions, applique à chacun la règle d'amour, la seule qui régisse ce lieu privilégié. Il sait que Marie a sa place dans leur vie depuis qu'une enfant rousse l'a regardé effrontément et lui a demandé :

"Pourquoi as-tu besoin de Dieu ? Ta vie ne suffit pas ?"

Sur le moment, il n'a su quoi dire. Mais le sait-il mieux à présent ? Il lui faut en convenir, il n'a toujours pas de réponse...

Damien et Lambert ont dressé la table à l'ombre légère des bouleaux, Thomas et Marie apportent les tartes salées, la cervoise et un grand pot d'eau. Paul distribue les bols. Les gestes paisibles répondent aux murmures des insectes. Un milan tourne au-dessus de la vallée, appuyé sur la brise chaude qui le fait monter toujours en cercles concentriques.

Ils mangent avec un plaisir évident et concentré, économisant les mots. Marie s'est placée un peu en retrait, au pied d'un arbre. Elle a fini sa part, boit à longs traits une bolée d'eau fraîche. Elle écoute, un brin rêveuse. Un silence tranquille s'étire. Quelqu'un se lève, marche vers elle. L'eau lui a laissé la bouche humide, elle a un regard si vaste que l'on pourrait s'y perdre. Elle tend les mains à Paul qui tombe à ses pieds, noie son visage dans les plis de sa jupe. Elle pose une main consolatrice sur ses cheveux, couvre de l'autre les doigts crispés du garçon. Et à la voir ainsi devenue mère par la grâce de l'instant, tous reconnaissent en elle la féminité du monde.

Paul relève enfin la tête. Il pleure. Simplement, sans effort, sans mouvement.
      - Marie... j'ai peur.
Il se fond dans le regard immense. Ils n'ont plus conscience que de l'autre.
      - Marie, je vais mourir ?
Elle sent l'amour qui coule d'elle, vers lui.
      - Réponds-moi...
Thomas et les autres ont un frémissement quand elle dit avec un sourire tendre :
      - Oui
      - Alors, il faut que je sois prêt ?
      - Oui.
      - J'ai le temps ?
      - Bien sûr.
      - Bon...alors, je vais aimer la vie très fort, comme si elle durait toujours... et comme si elle allait finir tout de suite.

Ils se taisent, plongés l'un dans l'autre. Paul sourit enfin, tout son être est sourire. Il repose très doucement sa tête sur les genoux de Marie. Elle a fermé les yeux.

Ils sont restés ainsi longtemps. La brise berce la ramure des bouleaux. Les premiers grillons stridulent dans les talus. Il fait chaud.
      Paul, moi aussi j'ai peur... T'ai-je jamais dit que tu m'étais très cher ?

Il fait chaud, toujours. L'air tremble au-dessus des clairières, la forêt coule en clair sur le Lomont, baignant les flèches noires des sapins et la cime blonde des chênes. Les villages disparaissent dans les vergers en fleurs.

Marie a abandonné sa coiffe. Elle tresse ses cheveux en deux nattes épaisses qu'elle enlace sur sa nuque. Elle a quitté la laine pour la toile et, les jupes troussées à la ceinture, chevilles nues, traverse à grandes enjambées les petits matins frais, guettant l'éveil des oiseaux, l'apparition d'un chevreuil au détour d'une combe, le parfum de la menthe qu'elle foule.

La brusque canicule a accablé les nourrissons qui perdent leur vitalité avec l'eau de leur corps, l'appelant à la tâche. Pendant dix jours, elle s'est penchée sur des visages plissés, tout mangés d'yeux, que les cernes, les tempes chauves et creuses, revêtent d'une fragilité sénile. Elle a insisté sans relâche sur la nécessité de les faire boire, sur les bienfaits des dernières pommes ratatinées dans les fruitiers, de l'infusion de sauge dont de pleines cruches refroidissent aux fenêtres. Depuis l'avant-veille, enfin, le mal paraît reculer, et c'est avec plus de liberté qu'elle monte la rampe qui mène à Blamont par la porte basse.

Ce matin, elle a le corps gai. Une joie irrépressible l'attendait au réveil, qui ne l'a pas quittée. Elle arrive sur la place poussiéreuse à l'heure où les femmes s'activent autour des puits. C'est l'heure des rires, des médisances, des plaisanteries lestes appuyées de regards glissés vers les gars qui partent aux champs. Le printemps rend les hanches des filles dansantes, arrondit les gestes, trouble les rires. Dans les écuries du château, les chevaux énervés tapent à l'avoine en faisant sonner les billots de leurs longes.

Elle visite ses pratiques. Les enfants se rétablissent lentement. Elle termine en se rendant chez Jeanne la Diseuse. Elle trouve là le petit Matthieu, qui lui causait souci, enfin décidé à vivre. Elle sourit à sa mère :

- Il me semble beaucoup mieux, tu le verras trotter bientôt. Mais n'oublie pas de faire cuire longtemps le lait et l'eau. Je suis sûre que la raison de tout ce désordre est là. Il est prudent d'en faire de même pour tout le monde, au moins pendant les chaleurs."

Jeanne acquiesce. Elle recouche son enfant avec des gestes tendres. Le fait qu'il soit le huitième n'enlève rien à son émerveillement. Elle a la chance de les voir tous vigoureux, entêtés à vivre, et compte bien en concevoir d'autres. A voir cette belle marmaille blonde et rieuse, on ne peut que l'en féliciter.

Les chiens s'agitent soudain. Marie se retourne. Une troupe poussiéreuse approche des puits. Ils sont une dizaine, en armes, accompagnés de valets qui retiennent les molosses. Elle fronce les sourcils. Elle a reconnu les chiens de Thiébault de Neuchâtel, des Hortières. Il serait donc ici... depuis quelques jours, elle ne sait que l'angoisse et ne s'est guère préoccupée des allées et venues au château. Elle interroge Jeanne du regard. Celle-ci hausse les épaules :

- Ils cherchent depuis hier un homme de Bâle.

Elle a un sourire fin.

- À cette heure, il doit être loin !

Elle lance à Marie un clin d'œil rapide, ajoute plus bas :

- Je n'ai jamais aimé que l'on traque un homme à l'égal d'un gibier !

- Jeannc, tu es incorrigible ! Tu t'attireras des ennuis.

- Que veux-tu, ma mie, on ne se refait pas ! Et ils ne risquaient pas de trouver sa trace, à chercher ainsi en désordre avec des chiens en chasse !

Elle part d'un grand rire :

- Nos chiennes sont en chaleur ! De quoi leur tourner les sangs, à ces molosses !

Elle rit à nouveau, attrape prestement une de ses fillettes d'une main, de l'autre, un seau, et marche gaillardement vers le puits. Marie la regarde s'éloigner avec un sourire large. Qu'a-t-elle bien pu faire, encore ? Jeanne est conteuse, et, aux veillées, charme son auditoire par la finesse et la générosité de son imagination qui unit subtilement fiction et réalité. Il n'y a que Marie et Antoine, son homme, pour savoir qu'elle a l'action aussi inventive que la langue, et que rien ne peut la détourner de ce qu'elle pense devoir faire. À l'instant, elle verse l'eau dans l'auge de chêne du grand mouvement balancé qui lui est coutumier, rappelle la petite d'un rire, interpelle gaiement les hommes qui se désaltèrent, coule une caresse distraite derrière les oreilles d'un des grands chiens blonds, rattrape vivement Jeannot qui se tortille à plat ventre sur la margelle.

Marie balance entre le vertige et le fou rire. Elle croise le regard amusé d'Antoine arrêté à la porte de l'étable. Il lui fait un signe discret. Elle s'assure que Mathieu repose paisiblement, s'avance à pas tranquilles.

"Tiens, Marie, j'ai là un veau qui ne boit pas. Tu peux venir voir ?"

L'odeur chaude des bêtes l'accueille à l'entrée. Un veau tacheté se cache derrière sa mère, en deux bonds joyeux. Il a l'air bien vivace. Marie fixe Antoine sans comprendre. Il tire la porte derrière lui, rit doucement :

- Il est beau, ce petit père, et en pleine forme !"

Il va au râtelier, fouille dans le foin. Le veau le pousse d'un mufle curieux, toujours collé à sa mère qui observe la scène avec confiance. Antoine grommelle, trouve enfin ce qu'il cherche. Il s'assure d'un coup d'œil que la porte est bien fermée, dégage du fourrage la garde ouvragée d'une courte épée. Plus courte et plus étroite que toutes les lames qu'elle a vues jusqu'ici.

 - C'est là depuis hier. L'homme n'est parti qu'au matin. Il était épuisé. J'ai brûlé les vêtements... Jeanne espérait bien te voir... Il a mon couteau et mes braies. Les chiennes ont brouillé ses traces. Il a pris le ruisseau. Il y a plus de purin que d'eau, il ne risquait pas grand-chose.

Marie réfléchit. Elle ne saura rien de plus et c'est bien ainsi.

 - Il n'y a que cela ?

 - Oui.

Elle s'approche. La lame est trop longue pour tenir dans la besace où elle serre les simples.

 - Il y a le baudrier.

Il lui tend une ceinture solide qui soutient un fourreau de cuir épais.

 - Ça ira ?

Elle trousse sa jupe sans hésiter. L'arme est à sa place, dissimulée par les plis de la jupe et la besace qui couvre l'épaisseur de la garde sur sa hanche. Elle en sent le froid à travers la toile fine du jupon.

Le veau tête goulûment.

Ils sortent. Elle assure d'un ton paisible :

"Ton veau va très vite se remettre. C'était un encombrement passager."

Elle offre un sourire radieux au valet d'armes qui la dévisage avec une évidente admiration, salue Antoine, fait un signe à Jeanne qui rit à pleine gorge, et s'éloigne, les reins remuant sous la cote avec une allégresse qui fait sourire Antoine et laisse le jeune valet bouche bée.

Il n'y a personne à la porte basse. Un rire troublé, derrière le rempart, une voix d'homme assourdie et pressante, la renseignent. Elle passe, attentive à ne pas faire rouler une pierre. La garde de la dague lui marque la hanche sous la pesée du sac, le fourreau bat sa cuisse. Elle presse le pas, coupe vers la combe par la sapinière. L'odeur de résine chaude l'arrête un instant, yeux clos, pour le plaisir...

Elle a rangé l'arme sous une saillie de roche, dans la réserve. Là, il fait frais. Elle se verse un plein gobelet d'eau, boit, essuie ses lèvres du bout des doigts en avançant sur le seuil. Le soleil plonge droit sur la clairière, il n'y a pas de brise. La chaleur roule à la porte comme une vague. Elle efface la sueur qui perle à ses tempes, écoute... L'air vibre. Une telle canicule, en mai... Elle perçoit l'aboi des chiens. Ils pourraient bien, au château, reprendre leur battue. Que cherchent-ils ? Pourquoi a-t-elle ainsi envie de ressortir alors que le plein midi écrase le val ?
Elle hésite sur le pas de la porte. L'envie d'aller voir dans les bas, au touffu du bois, la tenaille. Sans plus tergiverser, elle tire le battant derrière elle, se hâte dans la pente. La forêt qui se referme sur elle lui offre un instant de fraîcheur illusoire.

Elle presse le pas, lutte un moment contre la rébellion de sa raison, se laisse guider dans la pénombre vert et or par le souffle qui l'habite. Elle marche assurément vers la falaise, butte sur un quartier de roche. Elle lève les yeux. Voit la plaie ouverte au flanc de la gorge. Au pied du rocher, une forme sombre gît.

Elle a le cœur moite, battu de petits coups angoissés. Elle avance, les mains crispées sur sa jupe. S'agenouille lentement. Ses pensées affolées se heurtent dans sa tête. "Qui est-il ? Il est mort. Il ne devrait pas être mort ! Pas lui ! Qui est-il ? Il ne peut pas manquer le rendez-vous... Il pue autant qu'un bouc !"

Elle se calme d'un coup, cherche le pouls de l'inconnu. Le trouve. Cherche son souffle. Le trouve. L'examine rapidement. Il a une épaule démise, une blessure mal guérie qui s'est rouverte. Une meurtrissure blême à la tempe.

Que tu étais pâle, mon amour. Mortellement. Au point que j'ai cherché ton cœur du bout des doigts. Ta vie M'était précieuse. Comme si nous risquions de manquer à une parole donnée de longue date. Je ne te connaissais pas encore. J'essuyais de la main les gouttes qui roulaient sur mon front. Sans plus attendre, j'ai remis ton épaule en place. La douleur t'a fait tressauter... Tu avais les cheveux bouclés, drus. J'ai ramassé ton bonnet de toile, j'ai immobilisé ton bras avec ta ceinture. J'y ai trouvé le coutel d'Antoine. Ta tempe étonnée m'inquiétait, j'ai longuement interrogé l'autre corps, dans la crainte d'une fracture. Un geai s'est envolé en craillant...

Marie sursaute. L'appel du geai se fait pressant. Elle prend l'homme à bras-le-corps, tente de le relever. Il est lourd, terriblement lourd. Elle s'arc-boute. Il a un faible mouvement, gémit. Dure, les dents serrées, elle le gifle. Il s'agite, elle voit la conscience affleurer, le presse. Elle le sait présent derrière ses paupières closes autant qu'il peut l'être. Elle le secoue sans ménagement, l'appelle à l'aide, réussit à l'accoter au rocher. Il est debout, elle le porte presque, glissée sous son bras valide. Chaque pas est un arrachement.
Elle ne pense pas, tout entière tendue vers le pas suivant. Ses jambes sont de plomb. La sueur ruisselle sur son visage, son buste. Il faut monter, monter encore. Un pas... Ses jambes tremblent. Un pas... ses mains glissent, elle l'immobilise contre un tronc, les essuie, repart. Un pas... le sang bat à ses tempes, elle respire du feu. Un pas... un pas...

Elle l'a laissé choir devant la porte. Elle est par terre, tête sur les genoux. Tout son corps n'est plus qu'une pulsation affolée. Elle n'en peut maîtriser le tremblement...

Elle boit à longs traits, se verse sur le visage le reste de l'eau. Demeure là, à laisser l'eau fraîche tremper sa cote. Elle a traîné l'homme sur sa couche, inconscient, plus pâle encore s'il est possible. Elle écoute sa respiration irrégulière... Se laisse tomber au sol. Se repose...

Tu n'as pas ouvert les yeux de trois jours. Je t'ai lavé, pansé, obligé à boire. J'ai lessivé tes vêtements poisseux de sueur, de sang, de fumier. J'ai baigné ton front pour en chasser la fièvre, j'ai cueilli des brassées de menthe. Je t'appelais avec l'aide des anges, je les sentais présents, attentifs, et aussi quelqu'un de bien plus grand qui m'assurait de ta vie comme d'une promesse qui serait tenue.

Aliette est passée : elle s'inquiétait de mon absence et avait pris prétexte d'un panier de fèves. Elle est repartie à demi rassurée après m'avoir aidée à changer le drap de ta couche.

J'ai passé les nuits à tes côtés, ou dehors, à regarder le ciel.

Le troisième jour, ton souffle a pris le ton régulier du sommeil.

Ce troisième soir, elle a puisé de l'eau, s'est lavée longuement, nue sous le couvert des chênes. Ses cheveux assombris nappent son dos, ses seins, jusqu'à ses hanches. Elle enfile un jupon, rentre, hésite un instant sur le seuil, surprise par la pénombre.

Il a ouvert les yeux.

Son esprit erre à la limite de l'éveil. La senteur de la menthe et du chèvrefeuille lui murmure la vie. Il ne distingue vraiment que ce rectangle de lumière, là-bas, si loin, qui vacille... L'odeur des plantes... écrasées... Il marchait, enfant, dans ses montagnes, il écrasait la menthe le long des ruisseaux... Il entend un pas, dehors. C'est tellement flou. Les sons, les images, s'échappent constamment. Ça sent la terre... le chèvrefeuille... Sa sœur en cueillait de gros bouquets, elle chantait le lai de Tristan... quand était-ce ?
Une pierre roule, une silhouette se découpe dans l'embrasure de la porte, mangée de lumière, bascule dans son vertige. L'effort qu'il fait pour voir l'épuise. La forme se dérobe sans cesse. Il referme les yeux, perçoit, très loin, un frôlement. La douleur se réveille lentement, assourdie, lui permet de reprendre possession de son corps. Il remue les doigts faiblement. À un courant d'air frais, il se découvre nu, le drap roulé à ses pieds entrave son genou droit replié. Il s'accroche à ce savoir. Il est vivant.

Il y a là, tout près, une présence qu'il devine familière. Une main légère effleure son front. Son corps lui échappe à nouveau. Ses pensées s'affolent, des images closes en sa mémoire remontent comme des bulles.

...Il est malade. Sa mère lui pose sur le front des compresses humides... Le père de Marcilly le marque d'une croix, avec le pouce...
Silence.
La main se retire, s'attarde sur son épaule. Dieu que son bras est pesant ! Au-dessus de lui, Marie se penche. Une boucle

alourdie d'eau glisse sur le torse nu, souple et froide. Il
tressaille.
Il a vu un serpent traverser la mare. Derrière la haie, une fille
riait à perdre haleine...

Il lutte pour reprendre conscience. La main est précise,
maintenant, posée sur sa poitrine. Il se sent respirer. Une
odeur tiède de femme se déploie, nuancée de menthe et de
saponaire. Un parfum de terre comme en ce jour lointain où
il pesait de tout son poids sur les mancherons de l'araire. Le
vieux Matthieu marchait à ses côtés pour surveiller l'ouvrage.
Il regardait avec fascination la terre s'ouvrir sous le soc,
sombre, fertile... sensuelle...

Les mèches humides le frôlent à nouveau. Il est lourd de désir.
Ses lèvres frémissent. Il sent un doigt tendre lui interdire les
mots. Il sent son sexe érigé qui appelle la vie. Il sent les
cheveux crouler sur son ventre. Il sombre dans la clameur de
son corps.

Marie est debout dans l'embrasure de la porte. Le bonheur
tremble à ses lèvres closes. La lune est pleine, un rossignol
égrène des trilles solitaires. Un mouvement, derrière elle,
l'alerte. Elle se retourne, les lampes à huile baignent la pièce
d'une clarté irréelle, il a les yeux ouverts, clairs comme de l'eau,
il a remonté le drap sur ses hanches, il est appuyé sur son bras
valide. Et la regarde.

Nous ne savions l'un de l'autre que nos prénoms
dans leur nudité. Le reste était sans importance. Nous
nous sommes rencontrés en un regard, donnés en un
regard. J'ai laissé glisser ma chemise, tu as rejeté le drap.
Tu as chuchoté, ou tu as crié, je ne sais plus :"Viens". J'ai

répondu, ou je me suis tue. Je ne sais pas. Nos corps avaient faim et soif.

Nos yeux ne se déprenaient pas.

Après un long temps, après un temps infiniment long, je me suis avancée, cachant mes seins de mes paumes, t'offrant mes seins dans mes paumes.

Tu y as posé tes lèvres.

Tu as fait de mon corps un chant, un lys... une coupe.

Tu m'as fait glisser par-dessus toi, et tu es venu boire. Tu es entré en moi, presque immobile...

Cette nuit est scellée de gestes sacrés.

La fraîcheur de l'aube nous a fait recouvrir. Nos corps emmêlés reposaient. Nous avons parlé, un peu, si peu, avec les mots usés des amants, les mots mille fois dits qui renaissent au présent, éphémères et pérennes.

...Ma mie, ma sœur... ma douce amour...

Le soleil est déjà haut dans le ciel quand Aliette traverse l'éclaircie. Elle a laissé son Pierre à la garde d'une tante pour porter son repas à Jeantet, peu après tierce. Il est dans les champs depuis le petit jour, ainsi que tous les hommes du village, pour couper les foins. Elle a posé son panier à l'ombre d'un roncier, a observé un moment le front mouvant de l'herbe qui se couche en andins réguliers, les mouvements assortis des hommes, bustes ployés, pivotant sans efforts sur les hanches. Elle s'est éloignée quand elle a vu Jeantet casser le rythme, se redresser et sortir la pierre à faux de son couffin pour raffûter la lame. La fenaison s'annonce belle, le temps se maintient par la grâce de Dieu, mais qu'il fait déjà chaud !

L'herbe crisse sous ses pas. Elle est presque arrivée. Elle quitterait volontiers son bonnet de toile, envie Marie d'oser braver la coutume et, tout en marchant, se décide enfin à dénouer le ruban qui retient la coiffe sous son menton. Elle soupire d'aise en éloignant l'étoffe de ses joues... et suspend son geste, rose de confusion.
À quelques pas d'elle qui ne l'a pas vu, il y a un homme qui sourit :
        - Il fait chaud.
La surprise la laisse coite. Elle cherche Marie du regard.
        - Marie dort encore.

Elle renoue nerveusement les rubans, lève les yeux sur lui. Il ne porte que ses braies, son bras en écharpe a dû lui poser problème : les lacets sont noués de travers. Il rit franchement :

- J'espère que vous pardonnerez ma mise : je n'ai pas voulu réveiller Marie.

Elle reprend enfin son bon sens. Il est encore bien pâle, une barbe récente lui mange le visage.

- Vous sentez-vous mieux ? Vous étiez mal en point !

Ce disant, elle sort de son sac du pain, des fromages, des œufs et un cruchon de lait qu'elle pose sur la table dressée contre le rocher. Elle sourit de l'expression du jeune homme :

- Vous semblez en tout cas avoir recouvré l'appétit.

- Dieu juste, oui ! C'est le ciel qui vous envoie. Je suis faible comme un nourrisson, et affamé d'autant !

- Liette ? La voix rieuse de Marie les fait retourner. Tu dois me trouver bien paresseuse !

Elle sourit avec douceur en nouant ses tresses sur sa nuque :

- Nicolas, vous devriez reposer encore. Vous êtes gris, sire chevalier, ménagez-vous. Nous allons vous nourrir.

Aliette, qui coupait de larges tranches de pain, s'est interrompue brusquement.

- Eh oui, Liette. J'ai l'honneur d'héberger un chevalier sans cheval, sans éperons et sans armes. Pardonne-moi, Nicolas, mais la situation est inattendue !

Le prénom a chanté comme une caresse. Elle verse du lait dans un bol, l'apporte au jeune homme qui la remercie d'un sourire. Il y a dans le geste une intimité qui fait rougir Aliette. Elle se détourne, murmure quelques mots dont le manque d'à-propos l'embarrasse plus encore et rentre dans la maison avec une hâte qui ressemble à une fuite.

Marie l'a suivie.

- Qu'y a-t-il, ma douce ?

- Rien... c'est à te voir ainsi familière avec cet homme que tu connais à peine...

- Mais je le connais depuis toujours ! Et depuis hier soir, j'en conviens. Il s'appelle Nicolas, tu le sais, et il est de Bâle. Ici, il n'est de nulle part.
Liette hoche la tête :
- Je ne l'ai jamais vu.
Les yeux verts et gris se nouent, se font promesse d'indéfectible soutien. Après un temps, Liette demande avec une légèreté qui dissimule mal une certaine gêne :
- Aurais-tu encore la potion que tu m'avais donnée pour... enfin pour ne pas...
Marie sourit.
- Bien sûr.
Elle lui tend un flacon.
- J'en ai préparé. Il me semblait que tu allais en manquer. Tu sais, tu n'es pas la seule à l'utiliser. La femme s'épuise à enfanter et les petits en deviennent malingres. Aude en préparait déjà. Attends que ton Pierre atteigne un an. Il profitera davantage de ton lait, et Jeantet de sa femme.
Liette s'empourpre derechef, plonge son visage dans ses mains en riant :
- Décidément, je prends feu à chaque instant, aujourd'hui ! Quelle sotte je fais !

Marie lui tend des gobelets avec une grimace joyeuse et la précède dehors, emportant un pot d'eau fraîche. Le soleil leur fait plisser les paupières. Nicolas s'est allongé sur l'herbe rase, à l'ombre plumeuse d'un bouleau. Sur la table, il ne reste qu'un fromage et le pain est largement entamé. Les deux jeunes femmes échangent un sourire. Aliette souffle :
- Je t'amènerai plus de fromage, j'en ai qui sèchent. Mais pour le pain, il faudra attendre.
- Ça ne fait rien, ne te démunis pas. J'ai des céréales en suffisance, et de la farine. Le meunier du val ne sait comment me remercier pour la vie de sa fille.

- Eh bien, je n'aimais pas trop cet homme-là que beaucoup accusent de s'enrichir à bon compte, mais s'il est généreux par ailleurs, je retiendrai ma langue. De toute façon, les moulins sont banniers. Ça n'est pas de sa faute. Et Jeantet dit qu'il n'a jamais dénoncé les récoltes.

- C'est un homme juste et, s'il aime le bien, du moins est-il honnête. À propos des bans, je tiens de Thomas que Thiébault songeait à les libérer et donner le droit de libre mouture. Cela se fait en Bourgogne, en plusieurs châtellenies. Mais n'en parle pas encore.

- Pas même à Jeantet, je te le promets.

La promesse n'est pas vaine. Le temps a lié entre elles tant de silences et de certitudes qu'il leur semble par moments n'être qu'une.

Aliette vide d'un trait son gobelet, prend sa besace, pose un instant sa main sur le bras de Marie et se détourne, légère.

Nicolas dort. Marie range lentement les vivres, refait le lit. Balaie. Et, pour une fois, s'allonge dans l'herbe. Il sera temps demain de reprendre l'ouvrage. Ce jour d'hui est donné, entier, à son plaisir.

Les jours suivants ont passé comme en rêve. Le temps s'est étiré en baisers interminables où ils s'abîment, unissant leur souffle et leur vie.

Nicolas reprend force doucement. Les vertiges s'espacent, il apprivoise ses accès de faiblesse et marche chaque jour plus loin. Marie raconte la forêt, traduit pour lui ses messages. Elle parle des grandes lignes de force qu'elle perçoit dans la terre, lui montre à quels signes les reconnaître afin de n'y pas séjourner. Elle désigne les fourmilières, la voussure des troncs, les nœuds trop serrés à l'écorce des chênes. Il la voit parler aux plantes et aux oiseaux, et quelquefois s'arrêter, attentive à un inconnu inaccessible. Elle lui donne de son savoir tout ce qu'il veut entendre, et lui se montre insatiable.

- Qu'écoutes tu, ma vouivre ?
- Le chêne. Il veut te connaître. Il dit que le chêne de Mancey te salue.
Nicolas est suffoqué.
- Comment sait-il qu'il y a un chêne à Mancey !
Marie sourit :
- Tu t'étonnes qu'il le sache, et qu'il te le dise ne te surprend pas ?
- Ma foi, depuis quelques jours tu m'ouvres les portes de quelque chose de fou avec un tel naturel que cela paraît simple. J'ai vu un geai se poser sur ta main, j'ai vu une louve traverser la clairière sans crainte avec ses petits, je t'ai vue

chercher autour de moi un corps que j'ignorais, et je t'ai senti le toucher. Je commence à le percevoir aussi... Alors !
Il hausse comiquement les épaules :

- Dis-moi tout de même comment il le sait.

- C'est que je ne sais comment te l'expliquer... Prends un arbre en fleur. Chaque fleur fait partie de l'arbre, mais chaque fleur est unique. Il en est qui sont en boutons, d'autres épanouies, et d'autres encore qui sont presque fanées, l'on y devine déjà le fruit. Chacune a conscience de l'arbre qui la porte. Quand tu t'adresses à l'une d'elles, tu t'adresses à l'arbre au travers d'elle, et lui sait toutes ses fleurs.
Quand tu parles à un chêne, tu parles à tous les chênes. À leur esprit. Le chêne sait par son esprit qu'il y a un chêne à Mancey, et le chêne de Mancey reçoit ton salut au travers de son esprit. Quand tu contactes un être, quel qu'il soit dans son espèce, tu le salues lui, personnellement, et aussi toute son espèce par l'esprit qui la contient. Quand tu salues un homme, tu salues l'humanité... mais cela, l'homme l'a oublié...
Quand tu salues une créature, quel que soit le règne auquel elle appartient, tu salues le créateur. Thomas l'appelle Dieu.

- Qui est Thomas ?

- Un ami.

-... Et toi, Marie, qui es-tu ?

- ...Tu sais, ce que je viens de te dire... c'est trop simple et trop compliqué. Je n'ai pas l'habitude d'en parler. Les mots ne conviennent pas.

- Continue. Tu m'as dit que si je salue ce chêne, je salue le chêne de Mancey ?

- C'est cela.
Il fixe l'arbre avec incrédulité.

- Eh bien, je vais être ridicule !
Il jette un coup d'œil alentour.

- Essaie !

- Je... je te salue, chêne.
La brise fait bruire les feuilles doucement. Il ajoute vivement :

- Mais si tu m'entends, prouve-le-moi.

Rien ne se passe. Marie se mord les lèvres pour étouffer son rire.

- Demande-lui quelque chose de plus précis, il attend.

- Je ne sais pas... Si tu le veux bien, l'arbre, ne bouge plus.

La brise chante toujours, mais pendant un instant, plus rien ne bouge.

Nicolas est sidéré, Marie, secouée de fou rire. Elle hoquette :

- Il te trouve difficile à convaincre !

Enfin calmée, elle avance, offrant sa joie à l'arbre en majesté qui les domine de sa splendeur.

Il réfléchit :

- Mais tu cueilles des plantes.

- Le plus simplement du monde : je me relie à elles, et je les remercie de leur don.

- Tu me perds. Je ne sais plus où est le vrai. Il s'approche de l'arbre avec un respect nouveau.

- Je touche le tronc. Je touche son autre tronc. Je vois le premier, je sens le second, mais je ne le vois pas. Et je ne suis pas fou ? Le deuxième est aussi vrai que le premier ? Et quand je l'admire, j'admire tous les chênes à travers lui, c'est cela ?

- Et ils reçoivent tous ton admiration.

- Mais c'est immense, Marie ! Immense !

Il tend la main à nouveau, s'émerveille comme un enfant :

- Je le sens vraiment ?

Marie vérifie d'un geste, rit avec lui.

- Tu fais des progrès !

- Alors si je m'approche, je suis en lui... Mais nous sommes sans arrêt plongés les uns dans les autres !

- On peut voir cela de cette façon.

Elle s'éloigne de quelques pas.

- Je marche vers toi. Nous nous rencontrons... là.

Elle est à trois bons pas, avance encore, plus lentement. L'air, entre eux, se fait dense.

- Maintenant, nous touchons nos corps de chair avec l'autre corps.

Elle franchit le dernier pas, rieuse et gourmande :

- Et maintenant ?

- Maintenant, ma flamme, c'est moi qui donne les leçons.

Ils sont étendus côte à côte, nus et beaux, tachés du soleil qui coule à travers le feuillage, les doigts enlacés. L'intensité du plaisir leur a laissé le corps épars. Ils ont jouté, affrontés, arc-boutés, chacun cherchant à faire sombrer l'autre sans se perdre lui-même, riants, provoquants, jusqu'à basculer ensemble dans la gravité, visage presque clos, saisis d'amour jusqu'à la douleur.

- Par Dieu, ma mie, j'ignorais pouvoir aimer ainsi !

Il se tourne vers elle. La forêt lui fait un regard d'eau verte.

- Tu es fée... Il n'est pas une femme pour avoir tant de sagesse et me donner tant de plaisir.

- Je t'aime.

Il trace sur sa peau des spirales de lumière, pose sur ses seins une feuille.

- Tu es une fougère en automne, luisante et moite... parfumée comme un creux de terre franche... Il y a de la menthe dans tes yeux... Et là, tu es juteuse comme un fruit... mon amour... ma douceur...

Il l'ouvre à nouveau, avec ferveur. Descend en elle. Vertical.

Elle est la terre, offerte, passive.

Elle est les eaux de la terre, couchées sur l'horizon.

Elle se laisse prendre jusqu'au cœur par cet homme brûlant qui la nourrit de lui, la féconde, se fond en elle comme le ciel et la terre s'unissent, existent l'un par l'autre, tels qu'ils sont, au présent.

Ils étirent l'amour. Ils touchent aux confins du monde. Ils sont homme et femme.
Cela leur a été donné.

Le parfum omniprésent du foin, la touffeur du jour se font obsédants. Thomas marche, accordant ses pas à ceux du mulet lourdement chargé qui le suit. Il regarde ses pieds, des pieds d'homme, solides, poussiéreux, sanglés de cuir, qui s'appuient vigoureusement sur la terre craquelée du chemin. Il a la conscience surprenante de ce que ses pieds lui sont indispensables, et rit tout seul à cette découverte. "Béni soit le ciel pour nos pieds !". Il en sourit encore quand il reçoit la chaleur en plein visage au sortir du couvert. Le roc sur lequel s'ancre le prieuré l'enveloppe de son souffle sec. Le mulet bronche, tend sa longe. "Encore un effort, nous y sommes presque."
Il lui caresse amicalement l'encolure. Une écume grise mousse au poitrail de l'animal, salit la bricole, tombe en flocons sur ses membres. "Il fait chaud, l'ami, tu auras bien mérité ton grain."

Ils s'arrêtent à la porte de la resserre. Le mulet, tête basse, se repose. Thomas, appuyé au bât, essuie la sueur qui pleut de son front. Damien le rejoint, l'aide à dénouer les sangles, à décharger les sacs qu'ils portent à l'intérieur. Ils parlent peu et bas. Ils remarquent ensemble un mouvement à la lisière. Damien annonce paisiblement :
- C'est Marie.
Et fait glisser le bât. Thomas attrape la longe, guide le mulet à l'abreuvoir. L'animal se désaltère sans hâte, ponctuant chaque goulée d'eau d'un balancé des oreilles.

Marie traverse le verger, enjambant les andins crissants, cueille au passage une cerise noire et tiède qui lui poisse les doigts de jus sombre. Elle passe le portail, vient joyeusement à Thomas qui la regarde approcher sans un geste. Il a un air distant qu'elle ne lui a jamais vu, le regard ambre, froid. Elle s'inquiète de ce visage blessé, tendu en lignes dures qui font saillir les pommettes et accusent la vigueur des mâchoires.

- Paul va bien ?

- Il s'agit bien de Paul ! Qu'as-tu fait de toi, Marie ! Qu'as-tu fait ?

Elle est saisie par la véhémence du ton, reste là, à le dévisager.

- Regarde-toi ! Tu es... impudique !

Et, de fait, elle se sent exister par tout le corps. Elle comprend soudain, rougit d'indignation et de honte mêlées. Damien fixe Thomas, perplexe.

Marie baisse les yeux, retient à grand-peine une réponse trop vive, frotte machinalement ses doigts pour en gommer les taches.

- Comment as-tu pu. ?

Elle l'interrompt :

- Je suis heureuse.

Les mots sont empreints de tendresse. Elle a posé sa main sur son bras et, subitement désarmé, il plonge dans le regard vert. Il est stupéfait. Damien s'éloigne en entraînant le mulet, avec un demi-sourire.

- Par Dieu, Marie, pardonne-moi ! Je n'ai aucun droit de te parler ainsi. Elle l'observe en silence, sur ses gardes.

- Je t'en prie. Je me suis égaré. Je n'ai d'autre excuse que ma trop grande amitié pour toi.

Il prend dans les siens les doigts minces, ajoute plus légèrement :

-J'ai été saisi par ta beauté et la certitude que c'est un homme qui a fait naître cet éclat... Tu es plus belle encore, si c'est possible, amie, et c'est d'une telle évidence que tu m'as touché au cœur. Veux-tu me pardonner et me permettre de te souhaiter tout le bonheur de cette terre ?

    - Je ne m'attendais certes pas à tant de véhémence, tu m'as prise de court, mais je te pardonne bien volontiers. Je venais voir Paul et t'apporter ceci.

Elle lui désigne le sac qu'elle porte en bandoulière.

    - Comment va Paul ?

    - Il te le dira lui-même, il t'attend avec impatience. Il doit être sous les bouleaux.

Ils restent un instant silencieux, face à face.

    - Marie ?

    - Oui ?

    - Je ne pensais pas souffrir un jour du fait d'une femme.

Elle est grave.

    - Je ne l'ai pas voulu. C'est peut-être à moi de te demander pardon.

Elle s'éloigne de quelques pas, se retourne :

    - Il s'appelle Nicolas.

Et prend résolument la direction des arbres.

Thomas fait demi-tour, se heurte presque au père Enguerrand.

    - Je te cherchais, mon ami.

Il note le regard pâli, les lèvres closes :

    - Notre Marie a donc trouvé un compagnon. Allons prier pour eux.

Il ajoute plus doucement :

    - Et pour la paix de ton âme.

    Paul réparait ses sandales sous les arbres.

Il m'accueillit d'un sourire creusé d'ombres. La chaleur l'épuisait. "Thomas était en colère ?" Le mot m'a frappée. Tu étais donc capable de colère, toi ? Paul attendait ma réponse avec patience. Il avait appris la patience avec la maladie. Dans son silence, je te voyais crucifié sur les dalles, le front sur la pierre froide. Je savais que Paul te voyait aussi. Il a posé son alène, a murmuré :"Il a mal". Il m'a tendu un panier de cerises que j'ai fixé sans réagir. "Marie ! " J'ai sursauté. "Sers-toi, elles sont bonnes !"

Qu'avait-il compris, dans sa simplesse, que j'ignorais encore ?

Quand je suis rentrée, Nicolas m'attendait...

"Ma bien-aimée est triste ? Viens sur mon cœur.
Non ! Ne parle pas. Viens, ferme les yeux. Ma douce
amour, tu es lasse, laisse-moi prendre soin de toi..."

....

"Tout à l'heure, en t'attendant, je regardais les arbres.
Ma douce amie, je pensais à toi, à ces mots vivants que tu
m'écris au cœur, je pensais à l'instant, et j'ai compris d'un seul
coup que je ne vivais pas au présent. Il m'aurait fallu pour cela
vivre aussi la réalité des arbres, l'instant de la terre, des
oiseaux, le tien également. Ça m'est impossible. Je ne vis qu'un
présent fragmentaire habité d'apparences... Je suis séparé de
mon présent parce qu'il ne peut contenir que moi...
Très lentement, je me suis ouvert. Je songeais aux arbres, aux
espèces nombreuses qui peuplent le monde, à ce que tu me
disais de leur esprit. J'ai tenté de me relier à l'esprit de toute
chose, et tout a éclaté ! J'étais, et chaque chose, chaque
créature, était. Mon présent nous contenait tous, chacun à
notre place, parfaitement. Et je sais que le présent de chacun
nous contient tous... uns, nous sommes un au pluriel, mon
amour ! C'est comme si le présent n'existait que dans l'éveil de
l'être à sa multiplicité, et par là même, à son unicité... Quelle
étrangeté, Marie. Je t'ai su arriver avec un panier de cerises, j'ai
entendu la plainte sourde de ton âme...
Ma tendresse, je ne sais si j'ai rêvé. Tu as ramené des cerises,
tu as lové ta peine contre moi, mais l'arbre est de nouveau là-

bas, l'oiseau perce le ciel et je ne peux que le voir. Je touche ta peau, je baise tes lèvres, et tu m'es si désespérément autre...

....

"Je t'aime, Marie, plus que je ne saurais le dire. Tu m'as ouvert les portes du monde, et si c'est folie, je la veux pour mienne."

....

"Marie ? Tu dors, ma vouivre, tu n'as rien entendu. Ça n'est pas important. Dors, ma douce amour, dors..."

Nicolas libère doucement son épaule engourdie, cale Marie au creux de son corps, contre sa cuisse, appuie la tête au rocher. Le ciel s'embrume imperceptiblement, un pic traverse la clairière d'un seul jet, ailes collées au corps. Le panier de cerises est posé plus bas, un papillon palpitant à son anse.

    Le surlendemain, alors qu'il rompt une galette brûlante du bout des doigts, il s'arrête brusquement, regarde Marie droit et, presque dur, dit :
    - Je vais bien, à présent.
Elle est sans surprise.
    - Tu vas devoir repartir.
    - Oui, il va bien falloir.
Elle a baissé les yeux, étale trop minutieusement du fromage sur sa part de galette.
    - Tu ne peux repartir seul. Tu vas mieux mais il t'arrive encore d'être pris de vertige. Il ne serait pas sage de partir seul.
Elle sourit brièvement :
    - De plus, mon amour, ton parler te trahit vite ! J'ai peut-être une idée... Thomas a ses entrées à l'évêché de Bâle.
    - Il me suffit d'arriver au fief de Roche d'Or.

- Mais je veux que tu y parviennes sans risque. Je préviendrai Thomas, et nous verrons ensemble.

Elle mord dans la galette, gourmande.

- Il te faudra attendre un peu, il est à Montbéliard, auprès du comte Renault.

- Il y reste longtemps, j'espère !

Ils échangent un regard complice.

- J'aimerais le rencontrer, de toute façon.

- Je descendrai demain. Le père nous l'enverra dès son retour.

Le soir tombe sans un souffle.

La forêt immobile ne frémit que du pas des animaux sur les feuilles.

- Je reviendrai.

- Ne dis rien, ça n'est pas utile.

- Je veux que tu sois ma femme.

- Embrasse-moi. Demain n'existe pas encore.

Ils sont restés dehors la nuit entière, à s'aimer et regarder la lente mouvance du ciel. Ils ne se sont endormis qu'à l'aube, épuisés et heureux pour quelques jours encore, chacun taisant les images crues qu'il a reçues dans ses songes, pour ne pas y croire.

La chaleur se fait pesante, épaisse. Au village, on s'active à abriter les derniers mulons de foin. Les enfants, perchés dans les arbres comme des merles, cueillent de pleins paniers de cerises en surveillant le ciel chauffé à blanc qui plombe au sud-ouest. Les taons affolés harcèlent hommes et bêtes.

Nicolas et Marie ont rentré les plantes qui séchaient dans le sous-bois. Ils sont montés à la source du noisetier, celle que Marie a découverte il y a peu. Ils se sont baignés. L'eau trace sur leur peau des chemins brillants qu'ils suivent des lèvres et détournent d'un doigt pour s'écrire leur tendresse.

Ils ne sont repartis qu'aux premiers grognements de l'orage.

Ils se sont assis devant la grotte, fascinés par les éclairs. Aux premières gouttes de pluie, larges et tièdes, ils se sont regardés. La terre éveillée exhale un parfum lourd de poussière et d'herbe chaude. Ils se sont avancés au milieu de l'éclaircie, sont tombés à genoux, face à face, se sont dévêtus. Puis, sans hâte, sous l'eau qui les bat, se sont aimés.

Thomas est monté nous voir un jour que j'étais à
Villars. Les orages avaient laissé une empreinte humide
et fraîche qui persistait malgré le retour du beau temps.
En cette après-midi, j'avais trouvé Aliette dans le clos,
occupée à filer à l'ombre des pommiers. Le petit Pierre
se traînait dans l'herbe à la poursuite de quelque
insecte.
Liette était heureuse, je le voyais bien. L'année était
bonne, la moisson n'avait souffert ni des orages ni de la
sécheresse, son enfant poussait comme un jeune frêne,
têtu et vigoureux.
Nous avons passé ensemble quelques heures légères. J'ai
pris un fuseau et l'ai aidée, comme avant, filant souvenirs
et espérances avec la laine, insouciantes. Nous avons
joué avec Pierre, chanté des comptines qui le mettaient
en joie, lui avons fabriqué une poupée de laine et d'herbe
qu'il a démembrée avec l'allégresse d'un chiot. Je l'ai pris
sur mes genoux, lui ai chatouillé le cou, baisé ses joues
rondes avec de forts claquements qui l'ont fait éclater de
rire et se tortiller au risque de choir. Il avait un parfum
sucré de foin et de lait, un regard de malice qui m'ont
brusquement donné désir d'enfant, désir d'offrir une vie
à la vie, de retenir en moi un peu de Nicolas, désir de
sentir contre moi le poids confiant d'un corps potelé et
soyeux, de nicher à mon épaule le souffle tiède d'un
enfançon endormi.

Pierre m'a fixé un instant avec gravité. De courtes mèches sombres collaient à son front. Liette a cueilli ma pensée, m'a offert un sourire, a rangé la toison et est allée chercher une jatte de laitage que nous avons partagé sans plus de questions, nous amusant de la voracité impatiente de son petit.

Je suis repartie assez tard, la laissant poursuivre son ouvrage. Je me suis retournée à la barrière. Elle balançait d'un pied le berceau en chantonnant des mots de tendresse à son Pirrou assoupi. Elle m'a souri encore. Le fuseau dansait à ses doigts.

Thomas et Nicolas m'attendaient à ma porte. Ils se sont levés à ma vue et sont venus à ma rencontre.

Marie s'arrête un instant au sortir du couvert, la lumière accroche des arcs-en-ciel à ses cils. Elle regarde avancer les deux hommes. Ils ont sensiblement la même taille, un pas d'égale ampleur, régulier et tranquille, on leur sent une droiture, une vigueur intérieure hors du commun, qui les rendent presque frères. Il règne entre eux une évidente entente qui l'égaie. Elle remarque que Thomas est grand et cache sous sa robe une charpente puissante, elle découvre dans les yeux de Nicolas une vastitude habituellement voilée de tendresse et de rire. Elle leur tend ses mains et remonte entre eux qui se sont rencontrés au travers d'elle, heureuse.

Elle se tourne vers Thomas :
    - Tu es là depuis longtemps ?
Il lève les yeux, cherche le soleil avec une gravité feinte :
    - Depuis assez longtemps. Nous te croyions perdue !
Elle rosit :
    - Il est vrai que je ne me suis pas pressée.

Nicolas rit franchement :

- Ne rougis pas, Marie. Ton temps t'appartient ! Nous avons ainsi pu faire connaissance. Ou plutôt nous reconnaître !

Thomas acquiesce d'un signe. Un éclair chaleureux avive son regard.

- Nous reconnaître, c'est exact. Et j'en suis heureux. Sais-tu, amie, qui est cet homme ? On ne parle que de sa bravoure dans les châteaux de Bourgogne et de Bâle. Je ne m'attendais pas à le trouver ici !

Nicolas soupire comiquement :

- Mes hauts faits n'intéressent pas les fées ! Je me suis tu.

Il rit de l'air surpris de Marie.

- Je t'ai dit que j'étais chevalier. Le reste n'a pas d'importance. Et puis tu ne m'as rien demandé !

Elle sourit à son tour :

- Je connais certains larcins, une histoire de faucon déniché, et une famille en Dauphiné qui me paraît bien turbulente. J'ignorais avoir affaire à un homme autrement célèbre.

- Ça n'a aucune valeur, du moins pour moi.

- Il faut pourtant en tenir compte par le fait que tu as toute la Bourgogne à tes trousses !

Thomas est sérieux.

- Tu vaux ton pesant d'or, cavalier, et on peut te trouver, même ici. Les geôles des Hortières sont loin d'être agréables et le temps peut y être très long, d'autant que sire Thiébault n'a pas apprécié d'être défait devant ses gens d'une façon aussi... absolue !

- L'échange était loyal, il avait un cheval d'emprunt, difficile. Il a combattu avec vaillance. Mais n'en parlons pas, cela ne m'intéresse pas. Ces querelles de terre, de droits ou prétendus tels, ce besoin de prouver sans cesse sa valeur par les armes, je n'y ai jamais adhéré. C'est si souvent vain... Bien sûr, je sers

mon seigneur, bien sûr j'use des armes pour les causes justes.
Mais celui d'en face défend lui aussi sa juste cause.
Pourquoi ne pas reconnaître le droit à l'existence à disposer
d'elle-même, le droit de la vie sur elle-même... Marie vit avec
des loups à sa porte sans préjudice, ni pour elle, ni pour eux.
Par Dieu, les hommes ne peuvent-ils faire de même ?

Marie ne souffle mot. Elle a le regard clair, attentif. Thomas
écoute, un brin d'humour mêlé de tristesse dans le sourire :
         - Tu n'as pas à me convaincre, je passe la moitié d'une
vie que j'aurais voulue simple à servir d'intermédiaire entre les
princes. Et il en est d'obtus ! Tu parlais des loups, mais ils
n'ont pas d'orgueil, ils sont libres d'eux-mêmes. Les hommes
sont tellement pétris de souffrances et de peurs qu'ils se lient
de défis impossibles. Il en est pourtant qui sont grands,
véritablement, soucieux du bien de leurs gens, qu'ils soient à
la tête d'un royaume ou d'une châtellenie...
Une sourde douleur lui marque le visage :
         - Ils sont peu nombreux... si peu nombreux...
Ils échangent un regard grave. Marie s'est rapprochée. Elle
leur tend les mains, se fait douce. Ils hésitent, surpris, posent
leurs doigts sur ses paumes à plat. Elle semble saisie de mots,
habitée d'une voix qui les traverse tous.
 "Vous portez les blessures du monde. Laissez-les couler en
elle. Je vous reçois en elle. Vous touchez à la violence du
monde. Vous avez là votre tâche.
Thomas, il te sera demandé beaucoup, au plus haut. Pendant
longtemps. Tu l'as accepté en d'autres temps. Tu en auras la
force.
Nicolas, il t'est demandé plus encore. Tu accompliras ta
parole bientôt, très bientôt... Tu le sais déjà. Je t'en demande
pardon. Et sois en remercié... pour eux... Soyez tous trois
remerciés."

Ils ont pâli. Ils sentent trembler Marie sous leurs mains, la rattrapent au moment où elle s'effondre, la font asseoir. Nicolas plonge ses yeux dans ceux de Thomas :

- Il faut nous bénir, il faut que tu bénisses notre amour. Maintenant. Elle est mienne, et si Dieu me prête vie, je reviendrai vivre avec elle... Si Dieu me prête vie... Sinon prends soin d'elle, je t'en prie, prends soin d'elle.

- Je te le promets. Je vais chercher de l'eau.

Marie revient à elle dans les bras de Nicolas. Thomas est agenouillé devant elle, un gobelet à la main. Il accueille son éveil d'un sourire :

- Amie, on peut dire qu'avec toi, on ne s'ennuie pas ! Ça t'arrive souvent, de prophétiser ainsi ? Il rit de son effarement. Rassure-toi, tu n'as fait que confirmer ce que nous savions déjà. Et puis ça tombait bien, nous devenions ennuyeux !

Nicolas la redresse tendrement.

- Bois, ma fée. Ça va aller. Il est juste que nous prenions soin de toi, tu n'as jamais ménagé ta peine pour autrui.

À ce moment, j'ai su qu'il s'était passé pour vous quelque chose d'important. Vous me paraissiez comme imprégnés d'une force neuve... déterminés.

Nous avons parlé de ton départ. Il fut convenu que dans cinq jours, tu accompagnerais Thomas à Roche-d'Or comme un frère muet attaché à le servir. Nous avons plaisanté à propos de la robe que tu porterais.

Tu as insisté pour que Thomas nous bénisse. Nous savions tous trois que cet instant était inscrit de longue date.

Nous sommes restés unis en l'Esprit un long moment, puisant les uns dans les autres la force de nos destins. Je

nous savais naître au travers de nous à une vérité plus
vaste.
Vous le saviez aussi.

Je puise en nous en ce jour d'hui. Ma vie est accomplie.
Tout est en ordre.

Le temps de solitude était si proche, mon amour...
Nous nous taisions, nous marchions, nous parlions,
nous usions de chaque instant jusqu'au bout de nos
forces. Nous avions si grand désir l'un de l'autre, nous
avions si grande soif d'étirer encore ces quelques jours
que nous ne savions plus que faire. Nous butions sans
cesse sur les limites de nos corps et de nos sentiments,
certains cependant qu'il était possible d'aller plus loin
encore.

Nous sommes montés à la source. Tu étais fatigué. Ton
front se couvrait de la sueur glacée annonciatrice d'un
vertige. Tu t'es laissé tomber, saisi de faiblesse. Je suis
allée mouiller la coiffe brodée que je portais...

Je me penchai. L'eau était fraîche. J'ai deviné ton
avertissement.
Ils étaient trois, ils riaient. Ma cotte était entrouverte.
J'ai senti leurs yeux sur ma peau.
Tu as voulu te redresser.

Ils ne te connaissaient pas. Ils me voulaient.

J'ai vu la douleur exploser en bleu dans tes prunelles.
On me retenait par les bras.

Sang.
Ton sang sur l'herbe.
Le bruit mat des coups. Haletants...

La douleur est obscure.
Le vide. J'étais le vide. Un cri étranger montait. Un cri de bête forcée. J'ai tout à coup compris qu'il était mien.

Il y avait du sang sur l'herbe.
Ils s'avançaient vers moi. Mes tresses dénouées ont glissé sur mes seins. L'un d'eux s'est figé : "C'est la fille aux loups." Celui qui me tenait m'a lâchée. Je suis tombée à genoux.

Ton visage ravagé était tourné vers moi...

Thomas attend. Ils devraient être là, l'heure de tierce va sonner. Il se décide brusquement, traverse la cuisine à grands pas, attrape son sac au passage, bouscule Pilou qui l'observe sans comprendre. Il croise le prieur au portail :"Je vais les chercher !"

Il monte à Villars par le raccourci. Pourquoi Villars ? Il ne sait pas. Le bruit d'une course lui fait lever les yeux. Aliette se hâte, en larmes, le rejoint enfin :
       - Marie... Il s'est passé quelque chose...
Elle suffoque, noyée de pleurs. Il l'apaise d'un geste, la fait asseoir, la laisse reprendre souffle.
       - Jeantet est allé voir les moissons. Il avait soif. Il a poussé jusqu'à la source.
Les yeux gris sont agrandis de douleur.
       - Il a trouvé ça...
Elle lui tend une coiffe terreuse qu'il regarde sans comprendre.
       - Elle est à Marie. C'est moi qui l'ai brodée.
Thomas a son regard d'ambre. Un muscle tressaute à sa joue. Il dit doucement :
       - C'est tout ?
Les larmes pleuvent à nouveau des yeux gris.
       - Il a vu du sang... Il a trouvé...
Elle se perd.
       - Qui ! Il la saisit par les épaules. Qui !
Elle reprend souffle.

- Nicolas est mort. Jeantet l'enterre.

Elle a le cœur au bord des lèvres.

- Il m'a dit... Il enterre ce qui en reste. Il m'a envoyé vous prévenir. Ça doit dater de deux ou trois jours.

Elle respire un grand coup :

- Il n'a pas retrouvé Marie.

Thomas se relève avec décision :

- Elle doit être à la grotte. Allons-y.

Il court presque. La jeune femme peine à le suivre. Il a un visage d'orage qu'elle ne lui a jamais vu. Ils ont coupé au droit du bois vers le plateau, dévalent le sentier qui mène à la clairière.

Le lieu est désert. La porte n'est pas fermée. Le feu, dehors, est éteint.

Ils ont ralenti le pas, se donnent le temps de reprendre haleine, craignent de pousser le battant.

Une bouffée d'air épais les assaille. Le vent a éparpillé les cendres de l'âtre. Le volet tiré noie la pièce dans une ombre lourde et sale.

- Mon Dieu...

Au fond, sur la couche ravagée, une petite forme sombre se balance. Marie est recroquevillée, ses cheveux emmêlés croulent sur ses épaules. Elle tient dans ses mains un morceau de tissu raidi.

Thomas s'approche. L'odeur est insoutenable. Elle n'a pas dû sortir de trois jours.

Liette ouvre machinalement le volet.

Il couvre des siennes les mains de Marie, l'appelle avec tendresse. Elle ne bouge pas, fixe le vide.

Il caresse ses cheveux, la prend aux épaules.

- Maric... Marie, regarde-moi !
Il la secoue doucement. Elle reste inerte, absente. Le néant
qu'il pressent l'effraie. Il insiste sans résultat, douloureux, puis,
les larmes aux yeux, la gifle à toute volée. Aliette sursaute,
horrifiée.
- Au nom de Dieu, Marie, reviens !
Il lui saisit le visage, l'oblige à lui faire face.
Elle frémit enfin, a une sorte de hoquet rauque qui ressemble
à un rire, et, brutalement, craquant de toutes parts, laisse sa
souffrance déferler dans les bras qui la bercent comme une
enfant.

Il la porte au-dehors, à l'ombre, enjoint à Aliette de la laver,
retrousse ses manches et s'attelle au nettoyage. Liette le suit
des yeux, remarque avec surprise ses avant-bras, ses poignets
vigoureux, et, choquée de l'incongruité de ses pensées, se
penche vers son amie. Elle la dévêt lentement, l'obligeant à se
mouvoir par elle-même, lui parlant sans cesse. Marie pleure
encore quand elle lui retire l'étoffe souillée de sang à laquelle
elle se cramponne. Elle semble d'un coup revenir à elle, le
temps d'un regard éperdu qui noie une nouvelle fois de larmes
les joues de Liette. Marie fait un effort, soulève la main
comme pour un geste de consolation, et glisse à nouveau dans
le néant vertigineux qui la protège de sa blessure.

Thomas a fait un ballot du linge sale. Il écarte les
cendres du foyer extérieur avec délicatesse, à la recherche
d'une braise, de quelques charbons encore tièdes. Et,
patiemment, entreprend de ranimer le feu.
Quand enfin une flamme minuscule s'élève, il la nourrit de
ramilles et d'herbes sèches. La brise s'est levée, tordant la
fumée en ruban bleu sous la roche. Il soupire, secoue la
poussière de sa robe, se tourne vers Aliette qui tresse les
mèches rousses.

- Il va être temps pour vous de partir. Jeantet va s'inquiéter. Je vais rester auprès d'elle.

Aliette s'étonne :

- Ne pensez-vous pas qu'elle serait mieux chez moi ? Que va penser le prieur ?

- Rien qu'il ne sache déjà. Chez vous, elle serait à la merci du village. On se poserait trop de questions. Pourrez-vous, malgré tout, emmener le linge ?

- Bien sûr. J'apporterai de la soupe, ce soir. Et...

- Oui ?

- Je pourrai rester un peu, le temps pour vous d'aller avec Jeantet... pour Nicolas...

- J'irai, Aliette, bien sûr.

Il pose sur le trépied une marmite pleine d'eau, fouille dans son sac.

- Je remercie le ciel d'avoir pris ma besace. Je dois avoir là... ah, voilà ! De quoi la faire dormir.

- Puis-je faire autre chose ?

- Non, ça ira, merci. L'air ne peut que lui faire du bien, à présent. Pouvez-vous seulement prévenir le père Enguerrand ?

- Jeantet ira. Eh bien... à ce soir.

Elle s'éloigne lentement. Marie n'a pas bougé. Elle est assise à côté de la porte, si fragile qu'Aliette en a le cœur serré. Thomas s'est détourné, les épaules raidies. Il rentre. Elle l'entend remuer des écuelles puis reprend le chemin du village, tête basse.

La nuit tombe. Marie repose sur sa couche. Thomas a accompagné Jeantet. L'homme a peu parlé, les mâchoires serrées. Il ne connaissait pas Nicolas. Il a vu ce que l'on en a, fait. Son mutisme en dit long. Et ce regard farouche : "Lui avait dit de prendre garde. Il y a des malfaisants."

Thomas a parlé simplement devant les pierres amoncelées. Ils étaient seuls dans le crépuscule. Deux hommes seuls qui se connaissaient peu.

"... Si Dieu me prête vie..."

Thomas est las. Il laisse dériver sa pensée sur la nuit sans y prendre garde. Un crapaud flûte régulièrement, tout près. Il voit monter une lune lente, bosselée comme un plat d'étain.

Il remue enfin. Marie est allongée sans gestes, plongée dans le sommeil profond que procurent certaines plantes. Il s'assied, appuyé au chambranle, noie son visage dans ses doigts enlacés, trop épuisé, trop bouleversé pour prier...

Un cri aigu l'éveille en sursaut. Il bondit, à peine conscient, se précipite en bousculant au passage l'escabeau qui tombe avec fracas. Marie, sur le lit, est livrée à son cauchemar.

Ils vivront ainsi une semaine de torture. Corps et cœur à bout, dépossédée d'elle-même, elle délire jour après jour, jette des mots blessés qui atteignent Thomas comme des coups, retombe inerte, coulée dans son néant. Elle brûle ou se glace, glissant parfois à la limite du secours, le souffle ralenti, rompue. Il la saisit alors à plein bras, la retient de la voix, du regard, aimant, exigeant, jusqu'à ce qu'un frémissement imperceptible lui réponde.

Elle lui livre sa douleur sans retenue, le déchire d'aveux murmurés qui ne sont pas pour lui, le broie de la beauté abandonnée du corps qu'il soutient sans relâche, oblige à vivre alors même que l'esprit le veut fuir.

Aliette s'inquiète de le voir hâve, tendu comme une lame, l'oblige à se nourrir chaque fois qu'elle vient.

- Au nom du ciel, accordez-vous du repos ! Vous avez un regard d'outre-tombe.

- C'est là qu'elle est, Aliette. Il faut l'appeler sans cesse à vivre.

- Je peux rester ici, ce matin. Elle paraît calme. Je vous en prie, allez dormir. Il ne sert à rien de vous épuiser ainsi. Je vous éveillerai à la moindre alerte.

Elle lui tend un sac :

-Au prieuré, on m'a donné cela pour vous. Il y a les remèdes que vous demandiez, le frère Damien a mis des affaires qui vous appartiennent et le père a ajouté quelque chose alors que je partais. Il a dit que vous comprendriez.

Elle a baissé les yeux. Elle ne supporte pas de le découvrir ainsi vulnérable. Elle ajoute :

- Ils jeûnent pour elle, excepté Paul à qui on l'a interdit. Et ils vous soutiennent nuit et jour dans la prière.

- C'est bien... c'est bien... Il y a des moments où je n'ai plus la force de prier.

- Allez dormir. Je reste auprès d'elle.

Il s'est laissé tomber au pied du rocher, sous le couvert, et a basculé d'un coup dans un sommeil sans fond.

Aliette ne l'en tire que plusieurs heures plus tard. Elle a hésité, à le voir parti si loin, mais il est temps pour elle de rentrer. Marie paraît mieux. Son visage aminci s'est revêtu de la paix transparente que l'on se plaît à imaginer aux saintes. Aliette sourit avec tendresse.

- Je crois qu'elle dort vraiment. Enfin !

- Loué soit Dieu. Nous la sauverons peut-être.

La jeune femme lui jette un regard soucieux. Il semble avoir traversé l'enfer malgré sa sieste. Il capte sa pensée, se moque :

- Eh oui, un moine n'est pas différent des hommes. Il se fatigue et se blesse de la même façon.

Liette n'a pas l'habitude d'une telle liberté d'être chez un religieux. Elle se trouble. Il sourit avec bonté :

- Ne soyez pas surprise, ma sœur. Je n'ai aucun souci des apparences, et je suis votre frère. Ne plaisantez-vous pas avec votre frère ? Je ne suis pas autre que lui. Ne sommes-nous pas frère et sœur en Christ ?

Elle en convient, lui sourit avec plus de naturel :

- Je n'avais pas compris cela de cette manière.

- C'est que l'Église l'a un peu oublié, et que les hommes préfèrent l'ignorer, pour la plupart... Rentrez vite, Aliette, et merci. Vous ne pouviez m'offrir plus riche présent que ces quelques heures de sommeil.

La jeune femme est partie. Thomas l'a suivi des yeux jusqu'à la lisière. Il soupire, entreprend de vider le sac qu'elle a amené. Il y a les potions qu'il attendait dans leurs fioles de verre, un message d'Enguerrand, très bref, qui lui arrache un sourire. Il trouve le coffret peint où il range les plumes, l'encre, les mines de plomb et les feuilles de papier d'Italie qu'il utilise quand il voyage. Il lui semble sentir sur lui le regard tranquille de Damien qui le rappelle à l'existence. Il se tourne, étudie le visage désincarné de Marie, tire l'escabeau, y pince un feuillet, puis, agenouillé devant ce pupitre de fortune, il précise dans le trait la vision qui flotte en lui.

Un mouvement, derrière lui, l'interrompt. Il se rend compte avec stupéfaction que le couchant dore déjà la clairière. Marie s'est retournée, nouant le drap à ses hanches.

Elle est nue, bien sûr, ils ont très vite renoncé à changer sa chemise plusieurs fois par jour. Mais pour la première fois il la découvre nue. Son regard affûté par le trait lui révèle la courbe d'un sein, une épaule ronde, un dos souple qui se creuse comme un val sous le drap, invitant à la quête. Il s'est figé. Les nattes lourdes encadrent une nuque délicate, ombrée de frisons échappés.

- Dieu !

C'est un appel à peine murmuré qui reste sans réponse. Il est sans force. Elle geint, se tourne à nouveau. Son désarroi est immense :

- Dieu, ne m'abandonne pas !

Il ne peut ignorer le doux renflé du ventre perdu de boucles moites. Il ne peut se cacher la pesante chaleur de ses reins. Il lutte, parfaitement immobile. Elle gémit, se met à trembler irrépressiblement et sa douleur, brutalement, le délivre. Il se penche vers elle, attentif.

- Marie... Marie, ne crains rien. C'est fini, amie, c'est fini.

Elle se débat faiblement, paraît tenter de retrouver le contrôle d'elle-même.

- Attends, amie, tu es là... Tu es là.

Il masse doucement ses épaules, perçoit une réponse.

- Enfin... enfin, ma mie...

Il la réveille de ses mains, ranime tout son corps de gestes coulés, vigoureux et tendres, appelle l'esprit qu'il devine tout proche à reprendre possession de sa chair. Il n'arrête que lorsqu'il la sent vivante, présente à son toucher. Elle a un air de mystère, les yeux clos sans tension, les lèvres adoucies.

Il a laissé les mains sur sa peau une seconde de trop. Il s'écarte vivement, se maîtrise comme l'on contient un cheval rétif. Attentif à mesurer chaque mouvement, il remonte le drap, soutient sa nuque pendant qu'il la fait boire, essuie doucement ses lèvres. Se veut imperturbable quand une mèche soyeuse vient caresser ses doigts.

Il recule d'un pas, la contemple, énigmatique. Il commence à faire sombre. Il remplit d'huile les lampes, appliqué à retenir l'agitation de ses mains et satisfait d'y parvenir. Il range le papier et les tiges de plomb, évite de regarder ses esquisses comme si elles pouvaient présenter un danger, finit de vider la besace. Entre deux sachets de simples, il y a un objet anguleux qu'il reconnaît au toucher, saisit, aveuglé, mêlant sur ses traits le soulagement et la désespérance. Et, refermant le poing à en blanchir les jointures, il imprime dans sa paume la croix qui le sauve de lui-même.

Il est sorti d'un pas incertain. Est tombé à genoux. A levé vers le ciel un visage défait, et, les larmes aux dents, laisse jaillir sa détresse dans un murmure oppressé :
 "Seigneur, pourquoi ? Pourquoi maintenant ? Pourquoi elle ? Pourquoi t'acharnes-Tu à me briser à travers elle !"
Et ce cri de tout l'être qui fuse :
 "Dieu, pourquoi ne l'as-Tu pas gardée pure !" La réponse est immédiate, née de nulle part.
 "C'eût été te leurrer ! C'eût été te dissimuler à toi-même ta vérité. J'ai besoin d'hommes capables de faire face à ce qu'ils sont. J'ai besoin d'hommes décidés à Me servir, mon bien-aimé. J'ai besoin de toi là où tu es. J'ai besoin de tes ombres pour les exposer à Ma lumière.
Tu t'appelles Thomas. Tu es chair et sang. Tu peux y faire face."

Il est abasourdi. Ses bras sont sans force. La lune dessine ses larmes comme autant de luisances. La nuit s'est tue. Il n'y a plus en lui que le silence. Il regarde la croix, deux morceaux de buis liés d'un lacet de cuir qu'il lisse machinalement du doigt.
"Tu es chair et sang..."
Incarnation.

Il lui faut en parler à Marie... Son regard pâlit à nouveau. La souffrance est toujours là, vivante, lovée en lui comme un serpent. Il respire profondément, psalmodie en hébreu parce que l'hébreu lui est moins familier que le grec et qu'il est obligé de prêter une attention constante aux mots qu'il prononce. Il se contraint au calme. Se demande soudain pourquoi il a fallu cette croix pour le rappeler à lui, alors qu'il en porte une

continûment. Revoit le prieur souriant qui la reçoit des mains de Paul, entend la voix joyeuse du petit frère :
 "Je l'ai faite. C'est facile à faire, on peut même en être une !"
Il avait écarté les bras, dessinant sur le sol une ombre nette.
Et les regardant avec candeur :
 "La croix, c'est nous ? C'est nous vivants ?"

La vastitude de la pensée qui s'offre à lui le fait suffoquer. Il reçoit brutalement des images pressées qui se bousculent, et tout aussi brusquement s'ordonnent. Il voit une foule, des hommes et des femmes qui vaquent à leurs occupations.
L'image reste un instant figée, bascule d'un seul coup.
La même foule s'affaire mais les êtres qui la composent sont de lumière. Certains sont épaissis, noyés dans une pénombre sale, comme englués de boue. D'autres étincellent, vivement colorés. D'autres encore, irradiant à en blesser la vue, nourris d'échanges constants avec le ciel, montrent le chemin comme des phares. Tous se meuvent dans une harmonie parfaite.
L'image s'estompe lentement, renaît à sa vue, tellement vaste qu'il se sent incapable de la saisir.
Une mer pulsante et tiède le baigne. Il devine des formes, des mouvements ordonnés, il traverse des ensembles cohérents et finis semblables à des cocons de lignes lumineuses, parties intégrantes de l'océan, et cependant distinctes. Il erre, fasciné, voit se détacher d'un cocon deux larmes qui flottent vers la terre. Il observe que l'océan pleut continûment sa lumière, que, pour la plupart, les gouttes s'opacifient, se figent à mesure de leur approche, comme oublieuses de leur véritable nature.
L'océan lui est dévoilé complètement, la pluie ne cesse pas, des bulles chatoyantes génèrent des espèces appartenant à d'autres règnes, d'autres circulent librement, voyageant dans l'immatériel à différents niveaux, vibrances colorées ou pures qui semblent pouvoir exister à l'infini...

Il se sent totalement dépassé, s'effraie et se retrouve agenouillé dans la nuit qui lui semble obscure malgré le clair de lune. Il tremble de la tête aux pieds, saisi de ce qu'il sait approcher quelque chose d'essentiel que les images limitent. Il craint soudain de se fourvoyer, doute de la réalité de sa vision, demande un signe comme on appelle au secours, voit tout à coup se dresser devant lui l'ostensoir du prieuré, et du Saint Sacrement jaillir une vague d'amour qui le submerge et déferle sur le monde avec puissance.

Il a plié sous la force de la vision, reste un long moment abîmé en prière, en mots d'amour qui le traversent et qu'il offre à Dieu. Il n'entend pas le frôlement d'un pas hésitant, derrière lui.
Marie le regarde, esquisse un sourire d'enfant, puis, épuisée par l'effort qu'elle vient de faire pour le rejoindre, se laisse couler à ses côtés.

Aliette reste interdite. Elle se hâtait vers la clairière quand, au sortir du bois, elle s'est figée à la vue de deux corps abandonnés à mi-pente, naufragés de sommeil dans l'aube immobile. Elle vit un instant éperdu où elle craint le malheur, se ressaisit devant leurs calmes respirations.

Marie est recroquevillée dans une chemise trop grande, genoux frileusement remontés, Thomas dort largement, son corps dénoué épousant confortablement le sol, à ses côtés. Liette les contourne silencieusement, va poser à la porte du pain et des œufs, s'attarde à les observer. Ils ont maigri, le petit jour leur creuse des visages blêmes, approfondit leurs cernes, décharne leurs joues, et pourtant ils lui paraissent paisibles, enfin parvenus à rejoindre la terre. Le soleil pointe à la cime des hêtres. Elle se décide à partir, attentive à ne pas faire rouler une pierre, tressaille devant l'ombre furtive d'une louve qui se faufile dans le sous bois, se retourne une dernière fois vers les dormeurs, le cœur pincé.

Un rai de soleil vient toucher le visage de Thomas qui remue, étend le bras, rencontre la main de Marie. Elle le voit hésiter, frémir, puis délibérément étreindre les doigts minces. Et, devant ces mains unies, elle rougit comme à une impudeur, plus du sentiment de commettre une indiscrétion que du geste. Se réprimande en prenant la fuite, une fois de plus, en face de la tendresse qu'elle-même ose si peu exprimer.

Marie a ouvert les yeux, abandonnée au plaisir de revoir le ciel rouge de l'aurore, d'entendre le chant du monde, de

sentir l'herbe rêche qui lui mâche la joue. Elle effleure d'une pensée sa brisure, perçoit la présence de Nicolas toute proche, comme un battement d'ailes, son amour sur elle, et sur leurs mains liées un frôlement, une caresse qui l'assure de son accord. Puis, rien. Seulement le souffle frais de la brise qui se lève.
Elle tourne la tête, rencontre le regard grave de Thomas, et lui sourit.

Elle a lavé ses cheveux, a renoué ses nattes, repris coiffe et cotte, et aussi ses longues jupes qu'il lui a fallu resserrer dans une ceinture de cuir. Thomas revient de la source basse où il est allé se laver.
Il la trouve assise à la porte, si diaphane qu'elle lui paraît irréelle. Elle a posé une jatte sur ses genoux et pétrit l'eau et la farine d'une galette. Elle a un sourire lent en lui montrant le pot de miel qui attend à sa gauche, comme un reflet terni de sa vivacité passée.
Il s'est arrêté dans le dévers, lui répond d'un signe qu'il veut enjoué en lui désignant le ciel qui se crête de nuages :
        - Il va pleuvoir. Je vais raviver le feu à l'intérieur.
Il prend un fagot sous le rocher, rentre sans attendre sa réponse.
Depuis le réveil, elle n'a rien dit. Elle a souri, s'est lentement remise à vivre dans les gestes familiers qu'elle semble redécouvrir avec surprise. Il l'a vue à plusieurs reprises s'interrompre, l'air songeur plus que perdu, hésiter, puis reprendre l'ouvrage sans hâte.

Il attise le feu, met l'eau à chauffer, prépare la galettière. Marie est sur le seuil, la jatte dans les mains. Il approche, prend la pâte, retourne auprès du feu :
        - C'est prêt dans un instant.
Sursaute presque en entendant sa voix.

- Tu m'évites comme si j'avais la peste. Peux-tu me dire d'où te vient cette prudence ? La douleur n'est pas contagieuse.

Il regarde ses mains, se tait. Relève la tête, et, fixant sans le voir le fond de la cheminée, murmure :

- Pardonne-moi, Marie. Je fais un piètre ami.

- Thomas, regarde-moi ! Je t'en prie... Sa voix se brise. Suis-je tellement autre que ma vue te soit insupportable ?

- Non, amie, ne crois pas cela !

Il fait un effort, se tourne vers elle.

- Je devrais louer le ciel de t'avoir enfin rappelée à nous, il a un sourire de détresse, mais je suis épuisé.

- Je ne voulais pas te blesser ! J'ai cru un instant que je t'avais perdu aussi ! Elle a les larmes aux yeux. Tu es si... distant !

- Au nom du ciel, Marie, ne dis jamais. ! Jamais je ne. !

Il se relève brutalement, manque de renverser le trépied, s'aperçoit soudain de la noirceur du gâteau, tente de le retourner en se brûlant les doigts, peste contre le feu qui crépite gaiement comme pour le narguer. Marie rabat la flamme d'une louchée d'eau, tend à Thomas une spatule en retenant un rire. Il croise le regard amusé, s'abandonne enfin et prend l'instrument en se moquant :

- Décidément, depuis hier, je perds mon bon sens, le manque de sommeil ne me vaut rien !

Il décolle la galette brûlée, constate :

- Il est heureux que ton amie nous ravitaille. Nous aurons au moins du pain !

Ils ont mangé assis à même le sol sous un surplomb de la falaise, parlant peu, écoutant le vent de pluie qui se lève. Il fait plus frais. Thomas, sans un mot, va chercher un châle qu'il pose sur les épaules de sa compagne. Elle en resserre les pans sur sa poitrine, entoure ses genoux de ses bras.

- Eh bien, amie, il semble que la moisson soit compromise. Nous voici sous l'eau pour une semaine au moins, avec ce vent.

- Ça me laissera un peu de temps. J'ai besoin de temps avant de voir des malades. Il me faut réfléchir, et me remettre en ordre. Je suis si lasse.

- Il y a dix jours que tu n'as rien mangé, et tu flottais hier encore entre mort et vie. Tu es transparente... On serait las à moins ! Je peux rester encore, je l'ai promis.

- À Nicolas ?

La voix a frémi au prénom.

- Oui... Je pense qu'il pressentait sa fin.

Ils se taisent, perdus dans leurs souvenirs.

- Thomas ?

- Oui ?

- Tu as dit dix jours ? J'ai été absente si longtemps ?

- Oui, amie, et j'ai bien cru te perdre.

- Je savais que tu m'appelais, j'essayais de te rejoindre...

Les errements de l'esprit sont horribles.

Elle a un sourire sans joie.

- À te voir, j'ai dû t'entraîner dans mon enfer.

- Tu es là. C'est fini.

Elle pose la main sur son bras, sent son recul.

- Que s'est-il passé qui te fait si loin ?

Il soupire, se laisse aller d'un coup contre la roche, les yeux perdus sur le rideau de pluie qui pleure devant eux.

- Tu m'as appris que j'étais un homme, simplement. Et la leçon m'a été rude.

Le silence s'étire. Elle attend. Retire sa main pour rajuster son châle.

Il la saisit au passage, retient ses doigts dans les siens, la regarde droit :

- Il faut que tu saches. Je n'avais jamais compris que je n'étais pas qu'un homme de Dieu. Je lui ai donné ma vie sans savoir vraiment qui j'étais, ni ce que j'offrais. Tu m'as touché, amie, au moment où je m'y attendais le moins...

... Tant que tu étais fille, je pouvais te voir pure, un peu comme une sœur consacrée au vivant, si ce n'est à Dieu...

... Amie, je me suis blessé à toi. Tu m'as rappelé à ma chair. J'ai détesté Nicolas sans même m'en rendre compte, puis je l'ai rencontré... Tu ne pouvais connaître homme plus admirable. J'en étais heureux, il me protégeait de toi, nous avions chacun notre place.

Elle se tait toujours, attentive. Se fond dans le mouvement de l'eau, cherchant dans sa source la réponse juste. À cet instant, c'est le silence qui est juste. Il reprend plus bas, sans la regarder, presque étonné des mots qu'il prononce :

- Je t'ai désirée, Marie... de tout mon être. J'ai lutté autant que possible... J'ai mal de toi. Pardonne-moi, amie, je n'en ai pas le droit... j'ai peur de moi, peur de faiblir et de te désirer encore... Pardonne-moi, parce que je ne sais pas si moi, je peux me pardonner... Il a un geste de dérision. Quel orgueil ! Alors même que Dieu l'a fait... J'ai peur de t'aimer comme un homme, Marie, alors que je ne le veux pas, et je crains que ce ne soit orgueil encore de ne le point vouloir.

Il regarde leurs mains jointes :

- Je suis faible, amie, et je ne le savais pas. Pas là.

- Mais tu tiens ta force de Dieu et maintenant tu le sais.

Il la dévisage avec surprise. Elle a parlé doucement, avec à nouveau ce regard de lumière qu'il lui connaît si bien et qui mange à présent tout son visage amenuisé.

- Il te fallait bien l'apprendre... J'ai froid. Nous devrions rentrer.

Elle s'est blottie au coin de l'âtre, tend à la flamme ses doigts pâles. Thomas rajoute une bûche, tire un escabeau. La lumière a la pauvreté d'un jour de décembre. Le vent rabat la pluie à l'intérieur, charrie des nuages pesants qui roulent et se déchirent à la tête des arbres.

- Quel temps !

Il lui donne un bol d'infusion qu'elle reçoit à pleines paumes avec un plaisir manifeste. Il va parler, hésite, se décide enfin :

- Je n'avais pas le droit de te dire cela. Pas maintenant.

- Je t'en prie, Thomas, il est temps d'être vraiment libres de nous-mêmes. Nous savons l'un comme l'autre que nos chemins sont distincts, et qu'ils ne sont pas ceux des amours... faciles.

Sa voix a faibli. Elle se reprend, poursuit avec fermeté :

- Nous devons apprendre à aimer.

Elle le regarde, ajoute avec plus de douceur :

- À nous aimer, aussi.

Il ne répond pas tout de suite, les coudes rivés aux genoux, pliant et dépliant sans y prendre garde ses doigts croisés. Il relève soudain la tête :

- Qu'est-ce qui te fait si forte, Marie ? Je ne sais parfois si je dois t'admirer ou te craindre.

Elle reste silencieuse, à fixer les flammes. Elle a un sourire grave :

- Peut-être est-ce la connaissance de mes peurs, de mes insuffisances... la douleur qui m'habite en permanence... toutes mes petitesses... l'émerveillement devant la vie... Ce que tu crois ma force n'est pas de moi. Elle est de la certitude que tout ce que je rencontre est à ma mesure, que je peux y faire face, pas à pas, jour après jour. Je ne regarde jamais à demain, je me sais trop vulnérable... et je puise au souffle d'amour qui nous baigne tous. Je ne sais pas si c'est lui que tu appelles Dieu, mais je sais que je l'aime de toute mon âme et qu'il ne m'a jamais manqué.

Le feu craque. Dehors il pleut. Ils se taisent. Un long temps. Étirés en eux-mêmes. Cherchant. Écoutant des sons qui n'existent pas. Quêtant l'Inconnaissable. Touchant leurs âmes du doigt et les trouvant jumelles. Pleurant d'amour inexprimable. Brûlant leur être aux feux de l'Esprit.

Leurs mains se cherchent. Leurs yeux sont clos. La pluie flagelle la terre. Ils sont face à face, paumes contre paumes, front contre front. Ils entendent les pleurs et la peur des hommes, et les guerres qui sont les leurs, et pleurent. Et la terre pleure avec eux.
Ils sont front contre front, paumes contre paumes, défaits d'amour et de souffrance. Nourris de l'assurance que l'homme s'éveillera, qu'il s'éveille déjà, quelque part, partout. Et la terre chante avec eux.
Ils voient dans le grain, l'épi et la moisson, dans le gland, le chêne et toutes ses saisons, dans l'enfantelet sur le sein de sa mère, l'homme en devenir.
Ils dansent dans la mouvance des astres, voient toute promesse s'accomplir, toute pensée se créer, toute forme manifestée se mettre en route pour sa vie.
Ils regardent des nuages de haine et de peur s'amonceler, des amours flamboyer comme autant de soleils, des prières entrelacées disperser les orages, des mondes naître et se défaire...
Ils atteignent à la patience des nuées qui savent ce qu'elles attendent.

Marie défaille, glisse contre lui. Il la reçoit de tout son corps creusé en berceau, la retient contre lui, baise ses lèvres froides, les réchauffe de sa bouche ferme comme un sceau. Il est enfin libre, libre de l'aimer, de le savoir et de l'accepter. Libre de prendre le chemin de Dieu.
Elle est revenue presque aussitôt. Il la laisse aller doucement :
        - Tu es trop faible encore pour partir si loin, amie. J'aurais dû y prendre garde.
Elle lui sourit avec tendresse :

- C'est ainsi, et sais-tu que j'en suis heureuse ?

- Moi aussi.

Elle vacille. Il rit, la cueille dans ses bras, elle est si légère, la porte sur sa couche.

- Il faut te reposer à présent, incorrigible fée.

Elle dort déjà quand il la recouvre. Il sourit, esquisse un geste tendre, S'écarte, se rend à la porte. Il pleut toujours, le ciel est uniformément gris. Il sort sans enthousiasme, pressé par sa vessie, rentre trempé, les bras chargés de bois mort qu'il met à sécher près du feu, s'ébroue et s'installe enfin dans le jour maigre de la fenêtre pour écrire.

La pluie n'a pas cessé de quatre jours, la terre en est gluante. Il fait presque froid. Thomas nourrit le feu continuellement, car l'humidité laisse Marie transie malgré les châles dont elle s'enveloppe.

- Je n'ai jamais eu aussi froid, et nous sommes en juillet !

- Ne te souviens-tu pas de l'année où les foins ont été rentrés sous la neige ? Tu n'étais pas née ?

- Moque-toi ! Elle le dévisage : Il est vrai que ton grand âge t'y autorise.

Il lève les yeux, pose sa plume, observe avec humour :

- À te voir ainsi emmitouflée, occupée à tes plantes, on n'a aucun mal à t'imaginer au soir de ta vie !

- Merci !

Elle tire les cordons du sac d'un geste vif :

- J'ai préparé un mélange pour Paul. Tu l'emporteras.

- Me chasserais-tu ?

Elle a un sourire :

- Oui, mais pas par ce temps. Je me sens bien, à présent, et tu dois en avoir assez d'être enfermé ici. Je n'ai que trop abusé de ton amitié.

- La vie monastique m'a appris à goûter la paix et le silence, et je dois t'avouer que cette solitude-ci m'est chère. J'ai l'impression d'être dans un autre monde.

- C'est le mien.

- C'est le tien, merci de m'en offrir le partage.

Elle s'agenouille près du feu, rassemble les tisons.

- C'est à moi de te remercier. Non, laisse-moi parler. C'est à mon tour...

Il se tait, écoute.

- Je ne suis pas si forte que tu le crois. J'ai voulu mourir, Thomas. Je voyais tout le temps son visage... Ils riaient... Ils avaient ramassé des bûches... Ils se sont... acharnés et y ont pris plaisir...

Sa voix s'est étranglée, elle tremble, les larmes roulent sans bruit, elle les chasse d'un revers de main impatient.

- Je n'ai pas eu le courage... Quelque chose me criait :"Vis, tu dois vivre... tu peux vivre..."

Thomas ne bouge pas. Il est douloureux, une main offerte, paume ouverte, et ne bouge pas.

- Je me suis nourrie de ton amitié pour moi, je l'ai prise sans me soucier de toi, pour survivre. J'ai honte, j'ai honte de moi ! Non, ne dis rien, pas encore...

Elle balaie ses larmes une fois de plus, se mouche avec un geste d'excuse.

- Je m'en rends bien compte maintenant, les choses reprennent leur place. Je t'ai tant demandé... ça n'était pas à toi d'être là.

Elle s'interrompt, reprend très bas :

- Je crois que c'est ton désir qui m'a rappelée à moi. Pourras-tu jamais me pardonner ce que je t'ai fait endurer ? Et pourrai-je jamais te remercier assez...

- Viens.

Elle le regarde, interloquée.

- Viens là.

Il se lève, pose l'écritoire, lui tend les mains, l'attire à lui. Encadre de ses paumes le visage mince.

- Je peux, moi, te remercier. J'ai tant appris. Tu es dans mon cœur depuis si longtemps que je n'en avais pas vraiment conscience. Maintenant, je le sais et c'est une grande douceur. Nourris-toi de moi autant que tu le désires, c'est moi que tu nourris.

Il sourit.

- Nos voies sont mesurées du même pas, malgré les apparences...

Il l'enlace, se fond dans les yeux verts, pose un baiser très chaste sur la bouche meurtrie de pleurs. Le soir emplit la pièce d'ombres. Ils restent embrassés, abandonnés, le corps et l'âme en paix.

Le ciel s'est enfin dégagé. Un pâle soleil s'annonce
derrière la brume qui gomme la forêt. Le père Enguerrand
traverse lentement l'éclaircie. Parfois, son âge lui pèse,
comme en ce jour d'hui où il s'essouffle dans la pente. Que
n'a-t-il pris le mulet comme le lui conseillait Damien !
Marie l'a vu, vient à sa rencontre. Sa minceur la fait paraître
grandie, elle a l'air serein et grave à la fois, et le sourire qu'elle
lui donne semble éclore au fond d'elle-même avant d'atteindre
son visage.

        - Bonjour, mon père, vous semblez fatigué. Donnez-
moi votre besace.

        - Je m'en voudrais, Marie, de te charger, tu parais si
frêle.

        - Mais je vais bien à présent, grâce à Thomas et à vos
prières. Il est temps que je reprenne l'ouvrage.
Enguerrand balaie la clairière d'un coup d'œil, remarque un
geai qui les observe sans crainte, à quelques pas. Elle a suivi
son regard :

        - Il m'a prévenu de votre arrivée. Il aime ma
compagnie, je ne sais pourquoi, et ne me quitte guère.
Elle tend la main. L'oiseau, sans hésiter, se pose sur le poignet
mince, lisse son bec d'un ongle précis, étudie le prieur, la tête
un peu penchée, magnifique de bleu et de beige rosé. Le père
sourit :

        - Je vais finir par croire que tu es vraiment une
enchanteresse.
Le rire de la jeune femme fait s'envoler l'oiseau.

- Les oiseaux savent bien que je ne leur veux aucun mal. Et j'aime tant les écouter. Même lui, dit-elle en désignant le geai. Il imite à la perfection toutes sortes de sons.

Ils sont arrivés. Elle tire le banc.

- Voulez-vous entrer ou préférez-vous vous asseoir dehors ? Je vais chercher Thomas, il est allé se recueillir.

Elle a encore ce sourire profond qui étreint tout l'être. Il la retient, s'assied.

- Ne le dérange pas. Laisse-moi le temps de reprendre haleine et de profiter de ta présence.

Elle lui tend un gobelet, s'assoit sous la roche, s'offre à son examen.

- Tu rayonnes, Marie, j'en suis heureux. Tu es de celles qui s'enrichissent des épreuves qu'elles traversent. C'est une qualité rare, on rencontre si souvent aigreurs et révoltes stériles qui ne font que blesser davantage...

- Ne croyez pas que je sois meilleure qu'une autre ! J'ai peut-être plus regardé la vie... La vie est sans questions. Elle vit, simplement, elle se meut, se transforme sans cesse dans la plénitude de l'instant. Elle mêle vie et mort comme on danse. Elle n'a pas de repos, tout lui est source, tout lui permet de renaître perpétuellement à elle-même... La mort n'est qu'une singularité de sa mouvance. Elle n'existe que par ce qu'elle nous est une fin, alors qu'à ses yeux, elle n'est que passage ou respiration... Le savoir n'enlève rien à la douleur de ceux qui demeurent, mais transforme à coup sûr le regard que l'on en a, et appelle à plus d'amour encore.

La mort de Nicolas a failli entraîner la mienne dans son vertige, pour m'apprendre enfin à l'aimer, lui, davantage, à l'aimer assez pour l'accepter ailleurs, vivant autrement... Pour lui offrir la liberté d'exister sans l'enchaîner à ma souffrance... Comprenez-vous ?

- Il me semble entendre l'écho de mes propres pensées. Tu as mis dix jours à le comprendre et à le formuler, alors qu'il m'a fallu une vie pour y parvenir...

- J'ai eu tant de silences. La terre comble de sa conscience ceux qui se nourrissent d'elle. Je ne suis rien à côté de votre savoir, de votre inépuisable bonté, de votre sagesse. Je connais mieux le silence que l'homme, les esprits de la nature que Dieu et ses saints, et suis plus à même de soigner les corps que les âmes.

- Ne sous-estime pas ce que tu es, Marie, par don divin. Ce serait péché.

- On peut donc pécher contre soi ?

Il reste muet d'étonnement, se met à rire :

- Tu me remets en question à chaque instant. Je n'en sais rien. Si je te réponds oui, tu m'entraînes sur des chemins bien périlleux, si je dis non, il me semble mentir. Mais négliger un don de Dieu est péché, j'en suis sûr. Donne-moi donc un peu d'eau, t'entendre me réjouit l'âme et me dessèche le gosier ! Mais je ne m'étonne plus du temps que met Thomas à revenir au prieuré.

Elle s'est levée, verse l'eau d'assez haut pour que le liquide s'éclaire de soleil et sonne dans le gobelet comme un rire.

- Partagerez-vous notre repas ? Thomas pensait regagner le prieuré demain. Voilà quelques jours qu'il écrit et prie, prie et écrit. Je pense qu'il veut en finir avec ce travail.

- Je plaisantais, Marie. Il ne lui reste que peu de temps avant de replonger dans la rumeur du monde, il le sait bien, et il a toujours eu le goût des retraites. Il eût été ermite si Dieu n'en avait décidé autrement et ne l'avait placé sur le chemin des hommes... Tiens, le voici justement, l'enfant gâté de Dieu !

Ils le regardent approcher en silence. Le prieur se lève, l'étreint avec chaleur. Lui se dégage, s'ouvre au regard bleu, tombe à genoux :

- Pardonnez-moi, mon père, parce que j'ai péché...

Marie s'est éloignée sans bruit. Elle disparaît dans le bois, s'assied au pied d'un chêne, les mains jointes, et se laisse couler dans le Souffle, réunie. La louve l'a suivie de loin. Elle l'observe un moment puis vient s'allonger à ses côtés.

Ils ont plus tard partagé le repas, paisiblement, goûtant leur présence réciproque et le bruissement des feuilles. Marie a accompagné le prieur au château où il était attendu. Thomas est resté en prière, uni au Christ en un silencieux dialogue. Son corps oublié est sans pesanteur...

Quand je suis revenue, nous n'avons pas échangé un mot, nous contentant de nos gestes accordés, de notre présence, et du secret échange de nos pensées. Le temps était venu pour nous d'être séparés du fait de nos vouloirs, et plus proches cependant que nous ne l'avions jamais été. C'est muets encore que nous nous sommes quittés le lendemain. Nous nous sommes étreints une dernière fois, emplis de douceur à la certitude que le dialogue de nos âmes ne cesserait plus.
Nous nous sommes peu revus, lors de brèves rencontres. Nous n'avons jamais cessé de nous joindre, de nous parler dans ces mondes invisibles où nous plongent nos méditations, nous épaulant l'un l'autre dans la fatigue ou la détresse, quand la solitude se fait lourde...

Nous étions ensemble quand Paul est parti, dans le mois de novembre de cette même année.

Novembre 1288

Paul suffoque. Voilà un mois qu'il a pris froid et ne quitte plus sa couche, brûlé de fièvres qui ne cèdent que pour arder plus encore. Il a demandé à recevoir les derniers sacrements. Le silence pèse. Chacun le porte en son cœur, mêlant continûment soins et prières. Leur petit frère de lumière se meurt, consumé par une toux mortelle qui l'épuise chaque jour davantage. Thomas n'est pas là. Marie l'a appelé de toute la force de sa détresse dès qu'elle a vu fuir l'espoir. Il était trop tard, alors, pour un courrier.

Le père Enguerrand prie. Paul attend.

Marie essuie la sueur qui glace son front, remonte les oreillers qui le soutiennent, lui chuchote à l'oreille des mots qui le font sourire encore. Pilou ne quitte pas la cellule, allongé près du brasero, et détaille tous ceux qui entrent de ses grands yeux effarés.
Paul retient Marie d'un faible signe, murmure :
        - Jésus m'attend.
Son sourire est indicible.
        - Il m'attend... Il dit que Thomas arrive.
Il est secoué d'une quinte de toux qui le laisse haletant. Il s'inquiète soudain, s'agite :
        - Il va venir, Marie, c'est sûr ?
        - Jésus ne peut pas mentir.
Elle lui humecte les lèvres, lui prend les mains.

- Damien sera là dans un instant. Nous ferons ta toilette. Tu te sentiras mieux.

- Jésus est là... Jésus... je suis... si heureux...

- Il t'aime trop, petit frère, pour ne pas t'accueillir lui-même.

On entend des voix, dans la cour, Pilou dresse les oreilles, geint en remuant la queue, les yeux rivés sur la porte.

Paul lutte. Chaque inspir est souffrance, bataille du corps pour vivre encore.

Il semble retenir sa vie tant qu'il peut.

Il y a, dans le couloir, quelqu'un qui se hâte.

Thomas entre, trempé, couvert de boue. Il se laisse tomber au pied du lit, joint ses mains aux leurs, offre à Paul un sourire tranquille démenti par la raideur des épaules.

- Eh bien, mon frère, tu veux nous quitter déjà ?

Paul peine, trouve la force de parler encore :

- Il fallait... te dire... au revoir... j'attendais...

Il sourit. Des cernes bruns lui dévorent le visage.

- Jésus... m'a donné la force.

Le prieur et les moines prient à mi-voix.

Le temps coule comme du sable, fluide et lourd.

Thomas et Marie ne bougent pas, malgré les crampes qui leur nouent le corps.

Paul paraît en paix. Il flotte à mi-chemin du sourire. Ouvre soudain des yeux émerveillés, murmure :

- Louez... Louez Le...

Thomas pleure en silence.

Paul est parti, guidé par les louanges de ses frères et de Marie. Heureux.

Thomas est sorti. Seul. Glacé. Le soir épaissit la brume. Il est allé marcher dans les vergers, l'humidité lui colle aux joues, il ne sait plus si ce sont larmes ou brouillard qui lui trouble la vue. Sa solitude est poisseuse.

Il s'est arrêté au bord de la rivière qui roule les eaux brunâtres des dernières pluies.

Il entend un pas, derrière lui. Il devine qui est là, tend la main sans se retourner, rencontre les doigts froids de Marie. Elle s'approche, efface du bout de sa tendresse les marques du chagrin, le réconforte d'un sourire mouillé, d'une main sans poids sur son épaule.

 - C'était mon frère !

Il a presque crié. Elle s'embue :

 - Il est heureux... C'était trop dur.

 - J'aurais pu ne pas arriver à temps.

 - Tu es là...

Il la dévisage éperdument, cherchant une réponse à ses questions, se nourrit de la certitude qu'il puise à ce regard aimant, frissonne. Il s'aperçoit soudain qu'elle tremble de froid.

Le brouillard est plus dense et les retire du monde. Sa robe lui plaque aux épaules une chape glacée. Il sourit enfin :

 - Notre frère de lumière est parti rejoindre son Seigneur et nous risquons de prendre mal pour rien. C'est lui qui a raison. Louons le Père de l'accueillir dans Son amour.

Il essuie d'un geste l'eau qui goutte à son front, remarque :

 - Voici une semaine que je patauge dans les boues helvètes. Cet automne est pourri.

Ils reprennent lentement le chemin du prieuré.

 - Je ne t'ai pas encore remercié, amie, de m'avoir prévenu. Je n'aurais pu l'abandonner à cette heure.

Elle s'arrête brusquement :

 - Il faut que je t'avoue quelque chose...

Il attend la suite, surpris.

- J'ai confié mon appel à Jésus, ça m'a semblé plus sûr.

Ils pouffent d'un rire cassé qui fait rejaillir les larmes, les gomment résolument en échangeant leurs mains, passent la clôture côte à côte.

Le prieur les regarde traverser la cour, fantomatiques. Il ne peut s'empêcher de les admirer, et, peut-être, l'espace d'un instant, de les envier. Ils sont boueux, on peut lire leur fatigue et leur peine sur leur visage, et ils sont pourtant grands. Il ne sait ce qui le touche le plus, de cette humanité violentée par la mort, ou de leur sérénité intacte, nourrie d'acceptation et d'amour. Il se sent très humble, remarque tout à coup qu'ils se sont arrêtés à quelques pas de lui, craignant de le déranger, et que Marie grelotte.

Il va vers eux :

- Damien veille, et Lambert avec lui. Marie, réchauffe-toi vite à la cuisine. Le feu est vif, je viens de remettre du bois. Thomas, va te changer, tu vas prendre mal. Et préparez une tisane, nous en avons tous besoin. Je vous rejoins.

Ils ont partagé cette nuit avec Paul. En silence. Plongés dans leur méditation.

Damien est venu avant Laudes, et un autre frère avec lui, pour les remplacer. Thomas et le prieur sont allés célébrer l'office. Quand ils regagnent la cuisine, ils trouvent Marie endormie sur l'archebanc. Le père retient la porte, la referme sans bruit.

- Elle n'a pas quitté Paul de trois jours, n'a pris aucun repos. Elle doit être épuisée.

Thomas a un rire doux :

- Il est dans les desseins du Seigneur de me la montrer endormie. J'ai dû passer autant d'heures à veiller sur son sommeil qu'à lui parler !

Il la soulève avec précaution, la porte dans l'alcôve, la couvre, tire la tenture en regagnant la pièce. Enguerrand a un sourire amusé :

- Cela n'est juste que si tu comptes les heures de vos rencontres physiques, mon ami. Si j'en juge par ce que je devine, vous êtes unis en l'Esprit comme peu d'êtres le sont.

Thomas hésite :

- C'est vrai... Est-ce péché ? Nous apprenons ensemble, je rejoins par elle des mondes... indicibles. Je la sais présente quand je touche à l'ineffable et je sais qu'elle veille. Comment vous dire cela ? Elle me relie à la terre. Est-ce péché ?

- Ne la places-tu pas hors de l'humain ? Ne pourrais-tu confier ton extase à notre Mère, la Vierge Marie ?

Thomas est dérouté :

- Entendez-vous par là que je blasphème ?

- Non, mon fils, je te connais trop. Et n'ai-je pas entendu Marie en appeler à la Mère ? Et, de fait, pourquoi Marie très sainte ne l'entendrait-elle pas ? Nous savons que les chemins du Seigneur sont innombrables... J'ai vu un jour l'amour de Notre Mère rayonner au travers de notre petite Marie, et porter la grâce de paix au cœur de Paul. Que savons-nous des décisions de Dieu... et de Ses voies. Il nous faut méditer à ce propos.

Ils se perdent dans la contemplation des flammes. Enguerrand reprend avec tendresse :

- Quant à savoir si votre accord est péché... Il n'y a que Dieu pour en décider, dans le secret de vos cœurs. Le mien me dit qu'il vous faut l'offrir, l'épurer comme on purifie l'eau, en le filtrant sans cesse au filtre divin. Aux yeux des hommes... Je crains que ce ne soit incompréhensible. Vous êtes d'exception.

Thomas l'interrompt avec souffrance :

- Non, certainement pas ! Nous sommes bien ordinaires. Nous ne savons rien de qui vit au cœur des hommes, de quelles passions, de quelles grandeurs ils sont capables. Nous ne savons rien de notre prochain si ce n'est qu'il porte en lui la conscience de notre Sauveur, même si elle n'est pas révélée...

Quand j'ai su que Marie m'appelait, je marchais dans la ville de Bâle. J'étais émerveillé d'amour pour tous ces gens qui s'activaient. C'était fête, les rues étaient pavoisées et jonchées. Ils étaient beaux, tous... divine fourmilière vaquant à ses plaisirs... Non, Enguerrand, nous ne sommes pas d'exception, mais eux le sont. Ils rient, ils s'aiment, ils jouent, au milieu des peines et des guerres, entre la mort d'un enfant et la naissance d'un autre, avançant dans leur vie avec opiniâtreté. Ce sont pour la plupart des petites gens, des humbles, des simples. L'amour de Dieu pour eux est immense et sa compassion sans limites.

Je côtoie des princes qui président à la destinée des peuples, et qui ne savent pas qu'ils gouvernent les Aimés de Dieu.

Tous ces humbles qui n'ont d'autre trésor que leur vie, la Lui offrent sans retenue, Lui confient peines et joies, rêves et chagrins. Le ciel leur appartient et c'est justice. Et ceux qui nient notre Seigneur n'en sont que plus grands par leur courage devant la vie, alors qu'ils se croient seuls... Mon père, j'aime les hommes et je les admire, car je ne sais pas si je serais capable de tant d'espérance.

Il passe sur son visage une main ferme, comme pour en gommer la fatigue, continue sourdement :

- Mais comment le leur dire ? Comment oser dire à une mère qui me tend son enfançon mourant que Dieu l'aime, qu'il l'accueille dans son cœur et qu'elle peut y puiser ? Elle va me répondre que c'est du pain qu'il lui faut ! Comment dire à cette enfant violée par la guerre que Dieu est miséricorde ? Elle va crier : "Il était où, Dieu ? Il était où quand les hommes m'ont prise et que je Le suppliais ?" Et à cet homme, qui a vu sa femme éventrée alors qu'elle portait son enfant. Je vais lui dire qu'il faut pardonner ? Il sortira ses armes et me renverra à mon monastère ! Et il priera Dieu de lui accorder

vengeance ! Comment leur en tenir rigueur, et si moi, je les comprends, que dire de la bienveillance divine...
Non, Enguerrand, nous ne sommes pas d'exception, nous sommes protégés. Ce sont eux qui sont exceptionnels, ces combattants de vie qui font de leur mieux pour être heureux et croire en une justice que tant de faits semblent récuser. Et comme ils croient !
Ils ont une foi plus grande que la mienne ceux qui partent en pèlerinage au péril de leur vie pour toucher une relique, parce qu'ils ne trouvent pas Dieu plus près... C'est si facile d'aimer Celui que nous contemplons chaque jour...

Le prieur se tait. Il a baissé la tête, fixe ses mains jointes, touché d'émotion par ce qu'il sent vivre en cet homme dressé devant le feu comme une autre flamme. Thomas reprend plus bas, dans un murmure blessé :
     - Qu'il soit prince ou serf, dans chaque homme, je vois la face du Christ vivant. Je vois ce que nous pouvons tous voir si nous prenons conscience de l'amour qui vibre en nous. Des frères en Christ...
Dieu est plus proche de nous que notre main, il ne veut que vivre en nous...
Il ferme les yeux.
     - Et nous ne le laissons pas faire...

     - Pardonnez-moi, je n'en peux plus, parfois.
Enguerrand se lève, sourit avec lassitude :
     - Il te faut prendre du repos, frère. Retire-toi dans ma cellule, tu n'y seras pas dérangé. Nos frères te porteront dans la prière. Thomas s'éloigne de quelques pas, s'arrête.
     - Pouvez-vous m'entendre encore ?
Le prieur lève sur lui un regard surpris, acquiesce.
     - Mon père... Marie... m'a offert mon cœur. Elle a ôté le voile...

Enguerrand ne sait que penser. Il s'assied, joint les mains, y appuie son front, puisant dans le geste sa contenance. Le vent agite le rideau du fenestron.

    - Que cherches-tu à me dire ?

Thomas n'a pas bougé. Le prieur ne voit que son dos et le relief du visage tourné vers la croix peinte au-dessus de la porte.

    - Je veux vous dire... qu'un jour, je partirai. Enguerrand a un sursaut que Thomas ignore.

    - Parce que je l'aime... j'aime ce peuple souffrant de Dieu et je veux le servir. Marie m'a révélé la conscience de l'Amour, elle a décloué mon Seigneur de la croix et me l'a montré vivant... J'ai donné ma vie à Dieu et je l'ai gardé pour moi, trop longtemps. C'était sans doute nécessaire, je ne sais pas. Ce dont je suis sûr, c'est qu'il me faut toucher ces forteresses inaccessibles que sont trop de cœurs qui se veulent pieux. Je dois porter la parole de tous ceux qui ne l'ont pas, au sein des négociations, des débats, des querelles de terre qui ne prennent pas en compte ceux-là même qui la cultivent.

Il me faut être l'inlassable avocat de l'amour de Dieu jusque dans l'Église pour qu'enfin on ne propose plus seulement des processions quand les villages meurent de famine ou de guerre, comme je l'ai vu à Bâle.

Il a un sourire à l'adresse de la croix, ajoute avec humour en faisant face au vieil homme :

    - Je ne veux pas dire par là que les marques de piété sont sans importance, je prétends seulement que l'on ne peut se contenter de symboles, que la Parole du Christ peut être vécue, et doit l'être, à la mesure de chacun, et que notre Église ferait bien d'examiner ses actes. Vous le savez bien.

Il se penche, met une bûche sur le feu, rencontre l'amitié et la compassion du regard bleu. Sa fatigue s'est évanouie, comme si les mots qu'il prononce enfin le libéraient de leur poids.

- Je dois repartir dans quelques jours. On attend et on espère en ma médiation. C'est un travail de plusieurs années qui est engagé, il en sortira peut-être un peu de stabilité. Je m'y emploierai de mon mieux. Mais je prends aujourd'hui engagement d'amour envers mes frères, quels qu'ils soient, et si la conscience de Christ ne peut être reconnue par les puissants et cohabiter avec les intérêts d'états, je rejoindrai les petits.

Il se recueille un instant, achève, déterminé et paisible :

- Je ne peux éteindre ce qui vit en moi, ne peux, ni ne veux. Chaque jour me consume davantage. Chaque jour, je renonce un peu plus à moi-même, et chaque vide devient un plein. Je suis un homme, et j'ai des frères qui espèrent. Mon père, priez pour moi afin que je me mette à leur service, là où je suis, et avec ce que je suis. Où que cela me mène.

Le silence demeure. Ils se regardent. Enguerrand murmure :

- Le Seigneur soit avec toi... Tu vas rencontrer tant d'hostilité et tant d'admiration. Il soupire. L'admiration n'est pas la moindre des menaces. Tu peux t'y prendre comme à un piège.

Thomas a baissé la tête. Sa fatigue l'a rejoint d'un seul coup, le couvrant d'une chape trop lourde.

- Je le sais, je ne veux rien pour moi... je suis fatigué.

Il a prononcé les derniers mots si bas que le prieur ne les comprend pas. Un bruit léger, derrière eux, les fait retourner.

- Pardonnez mon intrusion, je vous ai entendu, bien malgré moi.

Marie a un sourire bref :

- Même quand tu chuchotes, Thomas, tu réveilles les murs. Et tu étais si sérieux !

Elle s'amuse un instant de leur expression, poursuit avec une légèreté voulue :

- Il me semble que la gravité est un pas dangereux vers l'estime de soi et non vers le renoncement. J'ai reçu deux pensées en t'écoutant. Je te les livre telles qu'elles me sont venues. Ta seule force est de Dieu, place en lui toute ta confiance. Et "effacement". J'ai demandé plus de précisions, je n'ai pas eu de réponse. Seulement un sentiment diffus : il me semble qu'il n'est pas bon d'être la voix des autres, il vaut mieux la leur donner, et il ne faut surtout pas les laisser croire que tu es plus grand qu'eux. Tu sais tout cela, mais il faut le garder écrit en toi... Le chemin d'Amour est accessible à tous, avec pour chacun des aptitudes particulières.

Le père regarde la jeune femme affectueusement. Thomas se détend d'un coup :

- Et c'est toi qui parlais de sérieux ! Arrêtons là pour ce matin. Je vous l'avoue, je tombe de sommeil ! Voilà huit jours que je dors trois heures par nuit, et vingt-quatre heures que je ne dors pas du tout. C'est de ma faute, du reste. Au lieu de dire de pompeuses sottises, j'aurais dû vous écouter, Enguerrand, et m'en aller reposer !

Marie bâille derrière ses paumes, secoue la tête :

- Quant à moi, il me semble que je pourrais dormir tout le jour.

Elle jette un coup d'œil rapide au prieur, ajoute avec douceur :

- Mon père, vous paraissez las également. Ménagez votre corps, même si votre esprit s'en impatiente, étendez-vous un moment.

Thomas enchaîne :

- Écoutez-la. Nos frères veilleront au quotidien, et Damien saura quoi prévoir, pour Paul.

Il interroge du regard Marie qui rassemble tranquillement les pots et les plantes qui lui appartiennent, rajuste sa coiffe, s'enveloppe de sa cape :

- Je monte au village. J'y resterai peut-être cette nuit. Je redescendrai demain pour accompagner Paul. J'aurai ainsi moins de chemin à faire. Elle hésite. Et je n'ai pas très envie d'arriver devant un feu éteint...

Thomas hoche la tête. Il est probablement le seul à savoir combien la solitude lui pèse parfois, et combien saigne encore en elle son amour pour Nicolas. Il connaît ce puits où elle abandonne sa douleur sans résistance, ce don qu'elle fait de sa peine à la vie pour ce qu'elle sait que chaque lien doit être dénoué afin que la vie puisse se déployer librement. Elle répond d'un sourire à sa pensée, marche vers la porte, se retourne : "A demain."

Et sort silencieusement. La porte n'a pas grincé, le courant d'air n'a pas couché la flamme. Thomas s'approche du fenestron et suit des yeux la silhouette qui se fond dans la brume.

Le jour est immobile. Le brouillard s'épaissit à mesure de sa marche. Marie se meut dans un monde incolore qui avale les sons et lui mouille la peau. Plus rien n'existe qu'un morceau de chemin gris, vaguement luisant, qui monte et se perd à dix pas. Les troncs s'inscrivent et disparaissent en marge de son regard, en silence.

Elle ne se presse pas. S'attache un instant au bruit feutré de sa cape balancée par la marche, au sourd remue-ménage de son sang qui se froisse à ses tempes. Elle respire l'humide à grandes goulées, cherche à séparer l'odeur des feuilles décomposées, celle des champignons, et le très faible parfum des fruits surs qui attendent le pressoir, entassés dans les vergers. Un pan de roche se dessine à sa gauche, une fougère éclose en son milieu, née d'une imperceptible faille. Elle s'approche, l'effleure de l'index. Elle est lisse et froide. De tout près, elle reprend sa couleur. Une goutte dérangée roule, s'arrête en suspend au bout d'une feuille. Marie sourit, salue à mi-voix l'ange de l'eau, et reprend sa marche.

À l'approche du village rampent de lourdes odeurs de vies, épaisses et collantes, de chauds relents animaux et humains qui l'atteignent avant qu'elle ne devine la masse engourdie des premières maisons. Un remugle d'étable l'assaille devant une grange ouverte. Quelqu'un jure dans la pénombre, une fourche racle la pierre avec un bruit rêche.

Elle croise plus bas Mathilde et son frère qui se hâtent, un panier de légumes entre eux deux. Leurs pas désaccordés font danser les fanes et les poireaux terreux. La jeune fille répond à son salut par un sourire timide, sous son capuchon. Elle a les yeux pâles et des mèches frisées qui tombent sur son front, emperlées de brume.

Marie, tout à coup, se sent écrasée par le poids de sa vie. Une bouffée de larmes gonfle, qu'elle ravale d'un battement de cils. Les adolescents ont disparu à l'angle d'une maison. Un chien aboie, une porte se referme lourdement...

Elle est arrivée. Aliette lui ouvre, s'inquiète de lui voir les traits tirés, la fait entrer, avance un escabeau, tisonne le feu. Marie pose sa besace, retire sa cape avec des gestes lassés, se tourne vers son amie qui lui tend un bol fumant :

"Paul est parti. Ils portent son corps en terre demain."

Les mots lui ont échappé comme les larmes qu'elle refoule à grand-peine.

- Excuse-moi, j'ai très peu dormi.

- Bois, c'est du lait. Et chauffe-toi. Tu as bien fait de venir. Tu restes ici cette nuit ?

La réponse se fait attendre. Marie tourne le bol dans ses paumes. Elle paraît cassée, comme si le départ de Paul avait, pour un bref instant, raison de sa vivacité. Aliette range en silence les reliefs du repas de Jeantet pour se donner une contenance. Marie boit, se mord les lèvres, regarde le feu qui flambe clair avec un sourire désabusé qu'elle n'adresse qu'à elle-même.

- Je n'en sais rien, ma douce.

Elle s'attarde soudain à la silhouette de la jeune femme, interpellée par quelque chose d'indéfinissable. Elle l'observe attentivement, hausse les sourcils, et, à la surprise de Liette, a un sourire plissé qui fait briller ses dents.

- Eh bien, ma Liette, Pierre attend une sœur ?

Aliette s'empourpre :

- Je n'en suis pas sûre, mais il me semble...

- Il faut vérifier, mais il me semble... à moi aussi ! Laisse-moi me reposer un peu, et je t'examinerai.

Aliette ne sait comment dissimuler son embarras, finit par rire nerveusement :

- Je suis toujours comme une sotte avec ces affaires-là. Je suis mariée et je me comporte comme une fille fautive. Il me semble que tout le monde sait... et voit...

- Ton intimité avec Jeantet ? Évidemment, c'est l'état de femme qui l'exige. Tu es bien la seule de mes pratiques que l'amour d'un homme dans le saint état du mariage embarrasse ! Elle rit. N'est-ce pas bien dit ? On voit que je descends souvent au prieuré ! Le plaisir des corps et les fruits qui en découlent sont tellement naturels !

Aliette acquiesce :

- Je ne sais pourquoi cela me gêne tant. Je n'y peux rien...

Marie répond, amusée :

- Je n'ai pour cela aucun remède, tu m'en vois désolée.

Un babil joyeux les fait taire. Liette s'empresse, revient avec le petit Pierre. Il a neuf mois, une impatience et une voracité qui n'ont d'égal qu'un ardent désir d'indépendance. Sa mère s'en émerveille :

- Il tombe à chaque instant, mais se relève sans un pleur. Il ignore totalement prudence et timidité.

Elle constate, ravie :

- Il ne me ressemble en rien !

L'enfant se débat dans ses bras comme un chevreau. Elle le pose loin du feu.

- Je dois le surveiller sans cesse, les flammes le fascinent.

Marie sourit, finit lentement son lait, se laisse aller contre le mur, ferme les yeux...

Quelques instants plus tard, Aliette lui touche doucement l'épaule :

- Ne dors pas là, va t'étendre. Je vais à l'étable.

Elle tient son petit contre elle, caché dans sa mante.

 - À tout à l'heure.

Marie répond vaguement, perdue dans ce flou indéfini qui naît du manque de repos. La porte se referme en grinçant. Elle traverse la pièce sans même s'éveiller vraiment, tombe sur le lit qui craque, cherche à tâtons la couverture et replonge dans le sommeil.

L'après-midi est fort avancée quand elle examine Aliette. La pièce est plongée dans l'ombre. Liette s'en plaint :

- Que n'a-t-on trouvé un meilleur moyen de s'éclairer ! Quand le jour est pauvre, on ne voit goutte, et brûler toutes nos chandelles n'y change rien.

Marie la calme d'un sourire :

- Reste tranquille. Mes mains n'ont pas besoin de lumière.

Elle fait étendre son amie, se recueille, se trouble soudain. Ausculte ses corps attentivement. Elle semble écouter. Reprend, sérieuse, sourcils froncés. Soupire. Va se laver les mains, songeuse, dans le seau qui attend sur la pierre à eau, puis se retourne avec un sourire décidé.

Aliette la dévisage avec inquiétude.

- Tu attends ce petit depuis à peu près deux lunes ?

La jeune femme réfléchit :

- Je pense... oui.

- Je ne comprends pas. Il y a quelque chose de flou... Tu n'as rien ressenti de particulier ? Tout te semble normal ?

- Oui... je crois... Aliette pose la main sur son flanc. Je ne vomis même pas alors que pour Pierre, les premiers mois avaient été difficiles.

- Il faut malgré tout prendre soin de toi.

Marie se détourne afin de dissimuler son visage, bénissant la pénombre. Le feu qui s'écroule lui donne un prétexte pour s'éloigner.

- Je dois être fatiguée... tout ira bien. Veille à te nourrir suffisamment. Je ne parle pas seulement de quantité, mais de diversité. L'année est bonne. Il faut nourrir ce petit afin de lui donner de la force.

Elle reprend plus légèrement :

- Jeantet sait-il qu'il va de nouveau être père ?

- Je ne lui ai pas dit encore. Liette a un sourire aimant. Je voulais être sûre.

Elle ajoute en confidence, un brin confuse :

- Il voudrait une fille qui me ressemble.

- Tu peux le lui annoncer dès ce soir, et lui demander de ma part de t'éviter les tâches par trop pénibles... Je vais redescendre, finalement. Peux-tu me préparer des braises ? Je crains que mon feu ne soit perdu : voilà quatre jours que je ne suis pas rentrée, et par cette humidité...

- Ne peux-tu pas rester ? Nous en serions heureux.

-Non, ma Liette, je te remercie. Je te porterai un fortifiant d'ici quelques jours. Il me faut un peu de temps pour le préparer. Pourrai-je, alors manger avec vous ?

- Bien sûr.

Aliette a rempli une chaufferette. Les charbons nichés dans la mousse brasillent doucement. Marie est prête. Elle prend le pot de fer par sa chaîne, baise affectueusement la joue de son amie qui s'en émeut. Elles échangent un regard complice. Le petit Pierre se trémousse, accroché aux jupes de sa mère, le bonnet de travers, avec un air de malice qui les fait rire.

Le brouillard ne s'est pas levé.

Elle a rallumé le feu avec facilité, d'un margotin bien sec. Le sol est poisseux, la voûte emperlée d'eau là où la pierre est nue. Il doit être l'heure des vêpres. Elle s'étire, laisse son regard errer sur les fresques qu'elle a commencées, revêtant les murs de fleurs qui escaladent le rocher et s'enlacent aux étagères, note en sa mémoire les dessins à venir. Elle range lentement les pots, hésite à préparer la macération qu'elle destine à Liette, finit par s'asseoir près du feu.

Elle se rassemble. Fond ses pensées en une. Tente de comprendre les images d'inquiétude reçues auprès de son amie. Il y a quelque chose d'inachevé dans cet enfant qui l'effraie. Elle a vu l'angoisse, la détresse dans les yeux gris inscrits dans son imaginaire. Elle a vu un petit corps sans force, abandonné entre vie et mort, dont le cœur cependant battait avec vaillance, et des membres frêles refusant tout mouvement ordonné. Elle s'efforce de redonner vie aux images, repart de cette existence toute neuve, cherche l'endroit où faiblit la vitalité. Il y a là une déviance qu'elle ne parvient pas à voir se réorganiser. Alors elle confie le petit être et sa mère à l'amour du créateur, avec une vague tristesse mêlée d'espérance.

Elle retire lentement ses chausses humides, trousse sa jupe pour réchauffer ses genoux transis, dénoue ses tresses, attentive à se plonger dans chaque geste, sans réfléchir. Le bois mouillé siffle, elle observe les bulles qui éclosent et dansent au bout des bûches, descend en elle-même pour y puiser une parole, un signe, qui guide sa pensée.

"Il n'est de sagesse que dans l'abandon."

La phrase lui semble chuchotée au niveau du cœur. Elle sent naître en elle un son unique, précisément modulé, qu'elle s'efforce de saisir sans y parvenir. Elle comprend soudain, fait taire son agitation. Le son fleurit, se déploie en elle librement, la fait vibrer tout entière comme les cordes d'un psaltérion...

Le silence est absolu.

Son sang s'est tu, et la rumeur de ses entrailles, le chuintement de son souffle.
Elle est silence.

Ils ont commencé à l'appeler Arie, elle ne sait pourquoi. Peut-être est-ce le fait d'un enfant malhabile à prononcer les sons. Peut-être un homme a-t-il été guidé par une sourde rancœur, ou une trop grande vénération. Peut-être cela vient-il d'elle, simplement, qui prend lentement ses distances, qui se différencie.
Toujours est-il qu'à présent, ils l'appellent Arie.

Elle traverse les hivers, droite, le front haut levé vers les étoiles. Elle soigne des mains, de la voix qu'elle manie comme un instrument et dont elle explore les corps en écoutant d'imperceptibles réponses.
Les hommes craignent son regard qui leur donne l'impression déroutante d'être nus comme des enfants, ce qu'ils acceptent sans peine de leurs seigneurs ou de leurs prêtres. Mais d'elle, née de nulle part, vivant ailleurs, et femme !

Elle passe dans les villages selon des coutumes à présent établies. Elle accueille chacun d'un sourire constant et vrai, pousse au partage, à l'écoute de la terre, au respect de la parole donnée.
"Mon ami, comment veux-tu que les merles épargnent ton verger ! Tu as convenu de laisser aux oiseaux les griottes du vieil arbre, et tes enfants les chassent avec des pierres. Tu ne peux parler d'une façon et agir d'une autre, et cela vaut pour les hommes comme pour la nature... Tu as donné les fruits,

tu dois tenir parole. Tu verras alors ton verger prospère. Remercie ta terre pour cela, et le Ciel."

Elle insiste sur l'accord entre pensée et acte, affirme avec douceur que la maladie révèle parfois l'incohérence et le désordre, que la vie l'enseigne à qui veut se donner la peine d'apprendre. Elle répète à tous qu'il leur suffit de respecter les lois de vie et d'amour et qu'ils peuvent faire les mêmes choses qu'elle.

Elle est disponible à tout moment, tant que les demandes qui lui sont faites sont en accord avec le vivant. Tous ceux qui appellent les forces de mort sont renvoyés par un regard de tristesse. Elle se tait, et ce mutisme patient décourage plus que toute véhémence. Ceux-là qui sont repartis ainsi sont âpres, plus de ce qu'ils ont révélé eux-mêmes que du refus, et la disent sorcière, sourdement...

Elle se rend régulièrement au prieuré, où le père Enguerrand l'accueille avec joie. Elle le rejoint, suivant la saison, avant ou après vêpres. Ils parlent longuement, échangent des idées qu'ils pressentent jumelles. Parfois il vient à elle, lui prend les mains, murmure les mots simples qui pansent les blessures, les douleurs abruptes qui la fauchent. Les larmes roulent sans bruit, elle lève vers lui des yeux étoilés, il trace du pouce une croix sur son front. Elle l'appelle "mon père" avec une vraie tendresse.

Elle a planté sur la tombe de Paul un églantier et des narcisses. Elle apprend au jeune frère Lambert l'usage des simples. Il étudie avec fièvre, avidement, tant est grand son désir de soigner. Elle ne s'y trompe pas quand elle le voit anxieux, le visage tendu, tout froncé de sourcils, remuant des manches comme un épouvantail un jour de grand vent. Elle le nourrit tranquillement de ses connaissances, riant de son enthousiasme, attend pour lui délivrer le secret des mains que toute cette agitation s'ordonne. Elle sait la richesse de ses possibles, dès que cet assemblage subtil de nerfs, d'os et d'invisible s'asservira aux grands courants de vie. Elle le pousse à soigner les bêtes, et devant les mystères des mises bas difficiles, elle l'a vu brusquement pacifié, œuvrant précisément, utilisant son savoir sans désordre et comme sans y penser.

Un jour que le père était à ses côtés, à la porte de la bergerie, elle a soufflé :

- Il a le don de vie. Regardez les brebis...

Elle a croisé le regard du prieur :

- Le laisserez-vous épanouir ? L'Église n'accepte pas toujours ce qu'elle ne comprend pas.

- Notre Seigneur guérissait et parlait aux arbres. Je saurai le rappeler si cela est nécessaire. Je te demanderai seulement de ne pas semer le trouble dans son esprit et de le garder dans les pas du Christ.

Elle rit :

- Craindriez-vous que je ne l'amène au culte de la terre et des esprits de la nature ? Rassurez-vous, je m'en tiendrai à Dieu et à ses anges... Et n'avons-nous pas le même Père ? Sa voix se fait douce : et celui que j'appelle mon Frère et qui me guide pas à pas, ne le nommez-vous pas Seigneur ? Je ne peux nier la terre, puisque je l'entends... mais vous le savez bien, elle parle de Dieu.

Elle hésite :

- Je crois que parmi les hommes, il ne pourrait avoir meilleur berger que Thomas, sur les pas du Christ... S'il pouvait unir en lui nos deux compréhensions et les approfondir. Il en a la capacité...

Un autre jour, alors qu'elle marchait dans les vergers avec le père, un homme de Rombois est venu, qui ne la connaissait pas. Il lui glissait des coups d'œil intrigués. Elle s'est éloignée sous les arbres, a cueilli un fruit qu'elle a mangé sans hâte en attendant que la conversation prenne fin.

La cloche a sonné vêpres. Elle les a rejoints, a touché la main du prieur en murmurant : "Il faut prier pour Thomas, il est seul, et pauvre."

Enguerrand parti, l'homme est resté seul avec elle, indécis. Elle avait l'air serein, elle l'a regardé en silence, puis lui a demandé ce qu'il voulait. Elle l'étudiait calmement. Il s'embrouillait. Elle attendait. Il a fini par parler confusément de ses récoltes, des oiseaux qui menaçaient ses semis. Il était venu pour faire bénir... Le prieur devait venir... Il n'osait pas partir. Elle le tenait dans son regard, tout entier. Elle a souri, avec lenteur, comme éclôt une fleur. Il en était fasciné et inquiet. Elle avait l'air de l'aimer. Plus tard, il dira : "C'était ça, justement, qui n'était pas naturel. Elle me regardait comme si j'étais son ami."

Elle a dit :"Je vais parler aux oiseaux. Le prieur bénira ta terre. Tes semis sont saufs. Dis-moi seulement où est ton champ, et crois que ta récolte sera belle."

Il a raconté l'affaire à sa femme qui l'a fait taire. Mais un jour que les sangliers ravageaient un champ voisin, ils ont échangé un regard entendu. Les oiseaux n'ont pas touché aux semis.

En ces derniers temps, elle se rend souvent auprès de Liette. Son amie, il y a cinq ans, a mis au monde une fillette gracile qui paraissait trop sage. Il n'a fallu que quelques mois pour comprendre qu'elle ne serait jamais comme les autres. Elle a vécu deux ans, sans bruit, les touchant d'amour par sa fragilité et son abandon.

Liette portait sur la hanche son deuxième garçon quand la petite est morte, emportant avec elle la joie de ses parents. Et à la fin de ce dernier été s'est présenté un petitou blond et rieur, alors que sur les treilles blondissaient les grappes âpres qui laissent la langue rêche et les lèvres poisseuses.

L'automne est doré. L'enfantelet en est la réplique : une pomme ronde et rosée. Il ouvre sur le monde de grands yeux imprécis, tend à chacun ses mains potelées avec des éclats de rire rauque qui surprennent.

- On jurerait qu'il parle aux anges !

Marie hoche la tête :

- Il est vrai qu'il est toujours de bonne humeur, vif et gracieux comme un chevreau. Tu as déjà deux renardeaux batailleurs, toujours en querelle. Celui-ci, au moins, jouit d'un heureux caractère.

Elles sont dans le verger. Les jours s'éteignent vite, et Liette profite des derniers soleils pour sortir le berceau à l'abri des murs tièdes. Elle file à côté de la porte en chantonnant une berceuse, s'interrompt :

- Sais-tu, Marie, que Jeantet projette d'agrandir la maison ? Toutes ces années nous ont été favorables et nous pourrions agrandir l'étable vers le nord, ce qui nous parerait du froid. Et il prévoit une chambre supplémentaire.

Elle est tout éclairée de joie. Marie s'exclame :

- L'idée est excellente ! J'en suis heureuse pour vous. Quand pensez-vous commencer ?

- Il abattra cet hiver, sire Guillaume lui a donné la coupe pour le travail à la nouvelle source.

Elle a un sourire contrit :

- Depuis que tu lui as dit qu'il avait le don de l'eau, il s'en sert, et ça lui plaît. Il a trouvé moyen de capter et de détourner un courant jusque dans les murs, au château. Ils ont travaillé à trois, en secret, avec le Louis de la Charme, et un de Blamont, Tropaire. Moi-même, je ne le savais pas. Le travail était en train depuis longtemps et ils sont seuls à connaître la source. La fontaine est en place, et l'eau coule depuis trois jours.

- Jeanne la Diseuse m'en a parlé hier. Personne, en effet, ne voit d'où vient l'eau. Il y en a même pour crier au prodige... Je pensais bien trouver là plus d'ingéniosité que de surnaturel, mais tu me stupéfies ! Avoir accompli cela sans que personne ne s'en doute, pas même Jeanne, tient du miracle !

Elle reste songeuse :

- De l'eau courante dans une place forte est d'un intérêt capital. Un puits peut être empoisonné, mais non une source ignorée de tous. Il peut être dangereux de porter un secret... Il faudra prendre garde s'il y a engagement d'importance entre Bâle et Neuchâtel.

Aliette la dévisage avec surprise. Elle ne comprend pas. Marie sourit :

- C'est fort improbable, mais Thiébault et Guillaume pourraient craindre alors une trahison et s'en garantir...

- Mon Dieu, tu m'effraies !

- Ne t'inquiète pas. Jeantet le sait et saura agir de façon juste. Et Guillaume est un homme de bien.

Liette a posé son fuseau. Elle réfléchit.

- C'est évident, pourtant. J'aurais dû m'en rendre compte... eh bien, à la grâce de Dieu !

Elle reprend son ouvrage, a un sourire rapide :

- Réjouissons-nous malgré tout de nos projets. Nous pensons placer la porte du grangeage après l'appentis, en retrait. Et nous protégerons le torchis de bardeaux, comme la toiture. C'est son idée. Qu'en penses-tu ?

- La porte sera abritée des vents de pluies, mais songez aussi à la bise.

Les idées jaillissent, s'opposent, se mêlent... Elles pouffent, inventent comme des enfants, ajustant les suggestions les plus folles. Jeantet les surprend ainsi, rieuses, les yeux pétillants, le teint avivé. Le petit Jeannot dort sur le sein de sa mère, une goutte de lait arrêtée au coin de sa bouche entrouverte, aucunement troublé, semble-t-il, par l'animation des jeunes femmes.

- Que vous arrive-t-il ? Auriez-vous abusé de la cervoise ?

Il a un air de bonheur. Il y a si longtemps que Liette n'a pas ri ainsi.

- J'ai laissé les petits chez ta sœur. Ils voulaient jouer avec Colas.

Il y a dans son regard une étincelle qui fait rougir Aliette. Elle recouche Jeannot, rajuste ses vêtements, croise le sourire espiègle de Marie qui se prépare à partir.

- Ne resteras-tu pas ?

Jeantet est rentré dans la salle, chasse avec un juron une poule qui s'affole en caquetant son indignation.

- Non, ma douce, je vais redescendre.

- Attends, Marie !

La voix de Jeantet les fait sursauter :

-Attends ! Devinez qui j'ai vu à la foire du Pont-le-roide.

Marie interroge, sourcils hauts levés.

- Le moine.

Devant l'incompréhension des jeunes femmes, il explique :

- Le fou, l'homme qui est passé, il y a quelques années, Marie habitait encore ici... Il est resté un hiver au prieuré.

Elles se souviennent.

- Il prêchait au pied des tours.

Il crache à terre avec mépris.

- Si on peut appeler ça prêcher ! Il n'a que des mots de guerre et de division. Il en est toujours pour écouter, et pas des meilleurs... malfaisants !

Marie a baissé les yeux. Penser à cet homme lui donne toujours une impression d'indéfinissable malaise.

- Il est donc à nouveau dans la région...

Aliette l'interrompt :

- Cet homme-là ne me plaît pas, je te le dis tout net. Que Dieu me pardonne, mais c'en est un que je verrais avec plaisir à des lieux d'ici ! Il ne sait que parler d'enfer et de châtiment, à se demander qui il sert, de notre Seigneur ou du Garin ! à voir le démon partout, il en est imprégné !

Jeantet écoute avec l'un de ses rares sourires, Marie s'amuse franchement :

- Quelle énergie, Liette ! Le malheureux ne viendra probablement pas jusqu'ici. Ses sermons auront plus d'auditeurs dans la plaine. Il sera passé au Pont parce que c'était la foire, et il n'est pas le premier frère un peu exalté qui sévit dans nos campagnes.

Aliette s'indigne :

- Un peu exalté ? Que te faut-il donc ! Il est dangereux. Et quant à l'appeler frère...

- Thomas te rappellerait qu'il est ton frère, et le mien.
- Thomas est un saint !
Elle s'empourpre d'un coup...
- Ou presque.
Marie s'étrangle tant elle rit :
- Comme cela, Jeantet, tu sais à quoi t'en tenir : notre douce Liette a des griffes et tu as un rival !
Liette, confuse, finit par se joindre à leur hilarité, rougissant comme une jeune fille sous le regard attendri de son homme.

Un moment plus tard, Marie marche dans le crépuscule, toute chaude encore de la joie de la soirée. Elle a oublié le moine, ne pense qu'à son amie radieuse comme à une résurrection. Liette est de celles que l'on voudrait tant offrir au bonheur.

À l'orée du bois, au pied de la côte, une ombre brusquement dévoilée l'arrête. L'homme qui approche est plutôt épais, court de partout, indéterminé. Elle l'a reconnu :
- Avance, je t'en prie, Guillemin. Que veux-tu ?
Il hésite à répondre, la rejoint. Il est maintenant trop près. Elle sent le vin dans son haleine. Il se tortille, éructe :
- C'est toi.
Elle hausse les sourcils, ne sachant qu'entendre :
- Pardon ?
Il avale sa salive, articule péniblement :
- C'est toi que je veux.
Marie reste interdite.
- Moi ?
Il implore, tremblant de son audace :
- T'es seule, y a pas de mal à se réchauffer un peu...
Il n'y tient plus, profite de sa stupeur pour s'emparer d'elle, la plaque contre lui avec maladresse. Elle est noyée d'un coup dans un relent de corps échauffé, d'aigre sueur, de vin suret,

se dégage d'un violent coup de rein, suffoquée, se met d'un bond hors de sa portée. Sa voix claque avec autorité :

- Tu perds la raison !

Elle plonge son regard dans celui qui cherche à se dérober sans y parvenir :

- Comment t'es-tu mis cette idée dans la tête !

Il geint, les deux mains aux braies, comme pour retenir ou lui vanter les ardeurs de son sexe, dans un geste imprécis.

- Je te veux, j'en dors plus, je dois te prendre... T'aurais du plaisir. !

Marie retient un haut-le-coeur.

- Si tu veux dormir, je te donnerai ce qu'il faut. Quant à te vider les bourses, ta femme peut te satisfaire si tu arrêtes de la battre quand tu es saoul, à la laisser sans connaissance !

Il a tout à coup l'air traqué.

- Comment veux-tu que je l'ignore alors que tout le village est au courant et que je panse ses blessures. On ne peut me mentir sur l'origine d'une plaie.

Il a un regard de ruse :

- C'est qu'elle est pas toi. T'as pas froid aux yeux. Je t'ai vue sous l'orage, l'été de la chaleur !

Elle contient un frémissement, rétorque :

- Et tu as attendu tout ce temps ?

Il rit grassement, sentant son avantage :

- J'étais garçon. Et puis on disait des choses sur toi... mais tu faisais pas tant de manières avec celui-là. Et le moine, il te...

Il n'a pas pu finir sa phrase. Il recule, frappé d'effroi. Marie n'a pas bougé. Elle ne sait que la colère froide qui l'a saisie et qu'elle domine à grand-peine. Elle est grandie, démesurée. Implacable. Il râle en reculant, manque de tomber, s'enfuit dans l'ombre éperdument.

Marie respire enfin, l'effort qu'elle a fait pour se contenir la laisse tremblante. Elle a soudain conscience que ce qui lui est donné pour soigner peut aussi tuer et qu'il ne tient qu'à elle d'en détourner l'usage...

Elle plonge son visage dans ses mains, les pensées en déroute.

On les a vus sous l'orage... Gestes lointains, tellement lointains...

Tellement présents à sa mémoire.

C'est comme si tout à coup son être se tendait désespérément au travers de la mort, cherchant à étreindre encore, à vivre la houle chaude d'un corps, la voix née d'un souvenir. "Ma mie, ma sœur, ma douce amour..."

Elle s'est laissée tomber dans la boue, front aux genoux. Intacte la douleur, intacts l'amour et le désir. Le corps n'oublie pas, refuse l'abandon dans la tempête où elle se débat.

Encore, encore poser les mains sur des épaules solides, poser les lèvres sur la sueur du torse, salée et odorante. Plonger encore les doigts à l'épais des cheveux.

Elle pleure l'appel vivant du corps. Elle pleure la douceur de ce sexe autre que l'on ne visite pas mais que l'on invite, du bout des doigts, du bout des lèvres, et qui est sans mystère dans l'évidence de son désir comme un cri. Elle pleure le poids de l'homme abandonné et le parfum marin de l'amour. Et les mains fermes qui écartent les cheveux humides, encadrant son visage pour cueillir à son souffle le tremblé du plaisir.

Elle pleure sept ans de solitude jour après jour, nuit après nuit, ressuscités d'une phrase.

Elle reprend enfin sa respiration d'un inspir long, caillouteux, coupé de maladresse. Expire d'un coup. Ignore les images impérieuses qui luttent pour s'imposer à son esprit. Descend en ce point de silence qui rayonne au niveau du cœur, s'y maintient par un effort de volonté qui se transforme en quelques instants en état de paisible joie. Elle sent son pouls affolé, les images déroutées qui battent à ses tempes, la turbulence de ses corps se dissoudre et s'harmoniser sans bruit, comme en glissant, parce que son imaginaire refuse toute dysharmonie. Elle se relève enfin, voit ses émotions s'accorder en ressac régulier et tranquille et se soumettre à nouveau pour devenir un prodigieux outil d'humanité qui ne peut attenter à sa paix.

Elle secoue les feuilles collées à sa jupe et reprend sa marche. Il fait nuit. Il n'y a pas de lune.

Elle sent à ses côtés le glissement des grands arbres, la chaleur des pierres qui gardent la lumière captive, et les douces vibrances étrangères qui sont de l'invisible.

Elle est entre les mondes et ancrée en eux, pont, reliance... à sa place.

Décembre 1294

À quelque temps de là, dans les froids de décembre, il y eut une incursion des Bâle appuyés en secret du Saint Empire désireux de calmer les ardeurs guerrières du comte Renaud. Ils avançaient en troupes incohérentes vers Montbéliard, plus pour rappeler le turbulent vassal de Rodolphe à l'ordre que dans un but de conquête. L'orgueilleuse forteresse de Blamont leur fut prétexte à exercer leur hargne. Sire Thiébault en fit les frais, qui était pourtant de Bourgogne. On incrimina des ordres contraires, le comte Renaud, qui avait dû abandonner la ville de Porrentruy dix ans plus tôt et renonçait mal à ses prétentions sur elle, fut contraint de respecter les traités, les dommages commis à l'égard de Thiébault furent compensés de discrets avantages.

Ne demeurèrent que quelques tombes, le malheur des filles et des femmes, et plusieurs enfants qui n'eurent que des prénoms. Les granges incendiées furent reconstruites.

La forteresse s'était révélée imprenable. Peut-être ne cherchait-on pas à la prendre.

Villars échappa au malheur, on ne sait trop pourquoi. Dannemarie en son creux de vallée était à l'écart du monde et n'intéressait personne.

Abbévillers et Glay ne furent affligés que de quelques rapines. Les maisons fortes semblaient solides et tous les paysans y avaient pu trouver refuge. L'heure n'était pas à la guerre, mais aux échauffourées, et l'on eut plus à craindre de voir voler du bon bétail que commettre viols ou meurtres.

Blamont fut donc seul à souffrir dans l'ombre du Lomont.

Il a neigé. Marie est transie. Elle ramasse du bois, les doigts gourds et les pieds insensibles. Elle dresse les plus grosses branches, fait des fagots des ramilles qu'elle lie de ronces et regroupe contre un tronc. Elle les remontera plus tard, après une gelée. Un jappement bref lui fait lever la tête. Elle brosse machinalement ses avant-bras terreux, essuie ses mains dans la neige.
Le ciel est bas. Les nuages rampent sur la forêt. Ça sent le brouillard. Il y a quelque chose de figé dans l'air qui la fait écouter. Elle ne perçoit rien d'anormal.
Le renard glapit à nouveau dans le val.

Ses reins raidis la font grimacer. Elle dresse le dernier fagot, reprend sa cape, sa serpe, et remonte lentement vers la clairière. Une vague odeur de fumée se traîne sous le couvert, elle en a une confuse sensation de gêne, comme une pesante attente. Le vent du nord qui se lève la fait frissonner.

Elle sait, comme tout le monde, que des bandes armées sévissent dans la région. Tout le monde a pris les précautions d'usage : se rassembler près des maisons fortes, mener en sûreté le gros du bétail. Les troupeaux de Villars sont à mi-pente du Lomont, dans les prés hauts. Il y a là de l'eau, un couvert dense de sapins, et suffisamment de pâture pour y tenir les bêtes. Depuis trois semaines, le temps est à la prudence. Il ne s'est rien passé, encore, les villages du nord ont seuls été touchés. Le guet se maintient, chacun porte son baluchon et sa cape, les enfants comme les autres, selon les habitudes ancestrales de survivance où la forêt se fait refuge, et où la nature, pour ce que l'on en connaît les pièges, est moins à craindre que la violence imprévisible des hommes.

Marie est arrivée. Elle rejette sa cape, va brusquement vérifier la présence de la dague sous la roche. Elle l'a toujours entretenue, elle l'a utilisée parfois pour débrider une plaie ou amputer, les dents serrées et le geste précis. Elle en a fait un outil de vie, selon le désir de Nicolas qui n'aimait pas cette arme de nettoyeur tout juste arrivée d'Italie, prompte à se glisser au défaut d'une armure pour atteindre la gorge.
Elle en effleure la garde, retourne à la porte, scrute le ciel. Le jour bascule vite, en ces jours ternes, vers une trouble pénombre. L'odeur de feu se fait plus dense.
Derrière les hêtres, vers le nord, le ciel rougeoie.
Les vents tournants brassent des cris et de la fumée, confusément.

Marie se glace. Elle se précipite, attrape sa besace, tire la dague de sa cache sans y penser, en noue rapidement le baudrier qui place l'arme bas sur la hanche, presque devant la cuisse, perdue dans les plis de la jupe. Elle ne réfléchit pas. Ses doigts vérifient le contenu du sac, ses yeux interrogent la lumière qui s'avive, là-haut, vers le nord. Ses pensées descendent en elle, rassemblées, ancrées, pour libérer l'action et la garder juste.

Elle prend la sente avec une hâte prudente. Elle a le corps guerrier, souplement discipliné. Elle s'y fie entièrement, remettant sa survie à l'instinct qui la fait se couler sans un bruit sous les arbres avec l'animalité consciente de la chair qui se préserve, prompte au retrait et à la défense selon des règles millénaires.

Elle suit sans s'en apercevoir la Serpente, le courant souterrain de vitalité qui la nourrit, évite la source sombre d'une faille. Elle n'hésite pas, grimpe en silence par la falaise, respire profondément, trouve en un instant suspendu à s'émerveiller de l'admirable création qui la sert...

Elle est à la porte basse. Un corps gît sur le chemin. Le brouillard épaissi de fumée efface la palissade, étouffe les sons. Ça brûle de l'autre côté du village.
Le tumulte est là-bas, à la grande porte. Elle est restée figée, aux aguets.
Elle avance prudemment. Entre les fortifications, tout est brouillard. Un autre corps, arrêté dans la mort. Elle ne s'attarde pas, passe à l'angle de la forteresse.
On se bat plus loin. Les armes se heurtent avec violence. Une grange brûle, celle de Maheut, peut-être, au pied des remparts. Un cri perçant de femme l'ébranle. Elle tient ses pensées comme des oiseaux affolés. Là, près du cœur, tout près du cœur...

Elle respire lentement. Corps admirablement docile. Immobile. Sans tensions. Nicolas, est-ce comme cela que l'on combat, avec ce calme absolu, ce détachement et cette grande alerte, cette mobilisation de tous les sens, peur muselée ?

Elle se faufile entre les maisons, la fumée la saisit à la gorge. Le combat est proche.
Son cœur la pousse à rejoindre la porte haute sans attendre. Elle obéit sans une hésitation.
Elle s'arrête dans l'ombre. On court là-bas, dans sa direction. Des cris aigus montent derrière les granges, au rythme des violences. Elle frissonne. Une petite forme engoncée de jupes passe devant elle sans la voir, s'écrase contre la palissade, griffe les troncs, se retourne, plaquée aux pieux, haletant de terreur. C'est une fillette qui peut avoir dix ans, ronde, blonde,

créée pour le rire. Elle est livide, elle fixe la venelle, pupille dilatée, et brusquement ouvre la bouche pour hurler son épouvante.

Silence.

Un pas pesant retentit dans le passage. L'homme ne l'a pas vu, il a ralenti, assuré de sa proie.

Marie voit danser autour de lui une brume sanglante, rayée d'éclairs sombres.

Elle est tout à coup devant lui. Dressée. Il a un instant de surprise, un rire épais. Il porte une main au lacet de ses braies :

"Tu en veux ?"

Elle est à cinq pas de lui, droite et tranquille. Elle ne sait pas ce qu'elle va faire. Elle a confiance.

Il a relevé son épée, méfiant. Surveille la pénombre.

Elle a un sourire, à le voir ainsi inquiet. Du coup, il s'arrête, à l'affût, craignant un piège. Elle a posé la main sur la garde de sa dague et articule nettement :

"Laisse-la."

Il hésite à comprendre, se remet à rire :

"Eh ! La belle, tu veux sa place ?"

Le parler de Bâle la touche brutalement. Elle ne s'y attendait pas.

"Va-t'en, quitte le village."

Il n'en revient pas. Elle n'a pas l'air d'avoir peur.

Elle a assuré sa main sur la garde, détache lentement le baudrier. Il ne voit pas son geste, fasciné par le regard qui a capté le sien.

Il lève son arme vers elle, elle n'a pas un frémissement. Elle écoute ce qui l'habite et s'exprime librement au travers d'elle, et son corps asservi obéit.

Il rit encore, moins sûr de lui peut-être parce qu'il ne comprend pas, et décide d'en finir. Il avance, l'arme haute, elle lui voit le corps flamboyer de rouge.

Elle a esquivé d'un pas rapide, a levé la dague, au niveau du cœur. Il s'est figé de surprise.

Elle tient l'arme devant elle. Par la lame. La garde croisée devant son cœur. Elle a dans le regard comme de la pitié et de la douceur. C'est comme le regard de quelqu'un d'autre plongé dans l'âme de l'homme.
Elle est abandonnée, corps et cœur donnés, intensément donnés dans l'acte. Sans crainte.
L'enfant derrière elle est plaquée aux pieux. L'homme est immobile.
Il ne se passe rien. Pendant le temps d'un long silence.

Le vent rabat la fumée. Curieusement, ça sent la soupe au lard.

Marie sourit. L'homme a baissé son arme. Sa lumière s'est pacifiée, a perdu sa stridence. Il a l'air pauvre. Elle murmure :
 "Va, et porte la paix."
Elle a écouté les mots. Elle se détourne, prend l'enfant par la main. Elle entend l'homme derrière elle, se contraint au calme.
Il est tout près, dit :
 "Emmène-la hors des murs. Je vous garderai."
À nouveau la musique de sa langue. Elle a beau s'y attendre à présent, elle ne peut se défendre de l'émotion. Ils se glissent comme des ombres le long des palisses jusqu'à la porte. Elle s'arrête un instant, pose la main sur son bras avec un sourire, puis se fond dans la nuit, serrant contre elle la fillette qui se cramponne aveuglément à sa jupe.

Il n'a pas bougé, baisse les yeux vers son épée, la remet au fourreau et s'éloigne à son tour dans la pente, dos au combat.

Cette nuit-là, j'ai rêvé de Nicolas…

Le jour s'est levé sur un ciel glacé et une terre étincelante. La petite a mangé en silence la bouillie d'orge, tenant son regard pâle posé sur moi qui rangeais des onguents dans ma besace. La dernière cuillerée avalée, elle s'est pelotonnée au coin de l'âtre. Le geai, qui était entré avec moi alors que je ramenais du bois, s'est perché sur une étagère, lui arrachant un sourire timide. J'avais terminé mon tri. Je me suis approchée d'elle, lui ai pris les mains, lui ai dit doucement qu'il me fallait retourner au village, qu'on avait besoin de mes soins. Ses doigts frais se sont raidis dans les miens, elle n'a rien dit, mais les larmes étaient proches. J'ai ajouté aussitôt qu'elle pouvait rester là, dans la grotte où elle ne risquait rien, et même, que cela serait bien : elle remettrait du bois sur le feu et surveillerait la soupe. Elle pourrait aussi nourrir l'oiseau. Elle s'est détendue, son visage a perdu le cassé de la peur. J'ai sifflé, l'oiseau, d'un coup d'aile, s'est posé sur mon poignet. Il la regardait, la tête penchée, attentif. À mon invite, elle l'a caressé d'un doigt, sur le dos, là où l'on sent en même temps le soyeux et la vigueur des plumes, et le frémissement sec des ailes repliées. Elle s'est enhardie, a effleuré le cou tendre, la courbe rosée du jabot, l'a reçu sur sa main avec un sursaut quand il a assuré son équilibre en lui griffant la paume. Elle a souri enfin et a murmuré :"Je m'appelle Claire."

Marie lui pose un rapide baiser sur la joue, prend son sac :

"Je crois que tu lui plais. S'il crie, laisse-le sortir. Par les temps qui courent, personne ne viendra, mais tu peux barrer la porte, si tu veux. Ici, tu ne crains rien."

La petite lui répond d'un sourire rapide, tout entière occupée du geai qui lui chatouille les doigts.

Marie referme sans bruit la porte derrière elle. Elle descend jusqu'aux arbres, appelle les loups de toute sa pensée, perçoit leur attention, et, précisément, met la clairière et la grotte sous leur protection.

Le village est silencieux. Les ruines fument encore sous le soleil qui se lève à peine. Elle croise quelques hommes qui s'activent dans les décombres, se renseigne, se rend au château. On lui ouvre la poterne avant qu'elle ne s'annonce, elle était attendue. Jeanne l'entraîne aussitôt vers les granges :

- Nous avons mis les blessés dans la plus petite et l'Antoine est parti à l'aube pour chercher de l'aide au prieuré. Le Louis de Villars vient d'arriver. Là-bas, ils n'ont pas eu de mal. Ils ont vu le feu, il est venu aux nouvelles en se cachant pendant que les autres prenaient la forêt. Il n'a rien remarqué, "ils"ont l'air d'être remontés vers le nord.

- Toute ta famille est-elle sauve ?

- Oui, par la grâce de Dieu ! Nous étions à la poterne quand nous avons entendu les premiers cris. Nous nous sommes abrités de suite. Les tout-petits demeuraient dans les dépendances du château depuis que l'on parlait d'attaques. Notre sire Guillaume y a veillé. Elle a un regard éloquent. Toutes n'ont pas eu notre chance...

Jeanne s'arrête à la porte des granges :

- Le père Maheut est mort dans l'incendie de sa grange, et ses deux fils avec lui. Le plus grave, c'est la petite Célie qui a eu de la misère, et sa cousine Claire : elle est disparue.

- Pour Claire, je peux te rassurer, elle est chez moi, elle n'a rien.

Jeanne pousse la porte. La grange est presque vide. On a déposé des javelles emballées de draps qui servent de sièges ou de dessertes, et allongé les plus mal en point sur des litières de pailles et des couvertures. Le sol de terre battue est soigneusement balayé autour de deux braseros qui dispensent une relative tiédeur. Il y a là une vingtaine de blessés et quelques femmes hagardes qui se réchauffent. D'autres s'affairent à soigner ou ravitailler.
Marie les rejoint et se met à l'ouvrage.

Le soleil a largement dépassé le faîte du rempart quand elle se redresse enfin. Elle cherche Jeanne du regard, la trouve appuyée au battant entrebâillé de la porte, anxieuse.

-Viens, Jeanne, sortons un instant, on n'a plus besoin de nous ici, du moins pour le moment.
La cour est bruyante, traversée à tout instant de gens affairés, paysans, hommes en armes, femmes pâlies par une nuit d'angoisse qui lavent à la fontaine les linges souillés de sang. La terre sonne sous le pas des chevaux énervés par le froid sec et le bruit des armes. Les enfants jouent avec des cris perçants à mimer les combats. Un valet d'arme les fait taire et les éloigne d'un geste. Jeanne s'inquiète :

- Antoine devrait être de retour. J'espère qu'il ne lui est rien arrivé... il a pu rencontrer les Bâle.

- Ce serait pure malchance. Louis n'a rien vu et ton homme connaît la forêt comme sa chambre. Ils vont arriver.
Elle n'a pas fini sa phrase qu'un appel résonne à la poterne, qui les fait retourner. Trois hommes entrent, parlent brièvement. Les mots s'échappent en fumerolles de leur

bouche. Marie voit là le frère Lambert, tout en longueur et en angles, qui porte des sacs, et Antoine, un poignet bandé, la cagoule rabattue sur les yeux. Un deuxième moine le domine de sa haute stature, un peu en retrait.

Il observe la cour. Ce faisant, il repousse le capuchon de sa coule. Marie tressaille, éclate d'un rire joyeux qui fait sursauter Jeanne, et sous son regard stupéfait, se précipite vers eux en retenant sa jupe à pleines mains.

Thomas a laissé tomber son sac, et s'avance à sa rencontre avec un rire franc, les bras grands ouverts.

Ils sont face à face, s'étreignent chaleureusement, se séparent en prenant brusquement conscience de la surprise des autres, restent un instant muets, souriants, les mains unies, les yeux soudés de joie.

Marie dit enfin :

> - Je ne t'attendais pas, mais nous ne serons pas trop de trois, pour Célie.

Le frère Lambert s'est approché, les dévisage l'un et l'autre, visiblement ému. Thomas observe avec amitié :

> - Nous avons troublé l'âme exigeante de notre frère. Pardonne-nous, je t'en prie, mais il y a bien longtemps que nous ne nous sommes vus. Amie, conduis-nous, et dis ce que tu attends de nos savoirs.

> - Allons voir Célie... Elle croise le regard de Lambert, ombré d'interrogations, lui sourit. Nous avons besoin de toi.

Le jeune homme hésite. Ce ne sont pas les soins à prodiguer qui l'inquiètent. Jusque-là, il a traité des blessures franches, des maux reconnus, à l'aide d'onguents et d'huiles odorantes, il a accepté le fait que le corps ne s'arrête pas à sa matière dense, soutenue par sa confiance en la survie de l'âme. Il n'a cependant jamais soigné à la façon de Marie, plus à l'aise dans une expression tangible des traitements. Quand il se sert de ses mains, c'est pour toucher, palper ou réduire des fractures. Un jour qu'il s'en ouvrait à elle devant le prieur, elle lui a répondu :

"Cet invisible-là aura pour toi une réalité sensible le jour où tu t'ouvriras à lui dans l'Amour. Pour toi, je pressens qu'il en sera ainsi parce que tu te sentiras là à ta place. Ta foi et ta vie, et les dons qui te sont particuliers s'uniront par l'Amour. En attendant, laisse faire, ne cherche pas et ne refuse pas. Il y a un temps et une heure pour tout. Cela s'inscrira à sa place dans le dessin de ta vie."
Enguerrand a souri :
"Ce jour-là, mon fils, verra s'éveiller en toi la croix et la résurrection."

Il sait que le moment est venu et frémit de crainte, conscient uniquement de sa pauvreté et de sa petitesse. Il vit un instant éperdu où il a envie de fuir, s'appuie sur la sérénité active du regard de Thomas et s'engage à leur suite comme on se jette à l'eau.

Célie a été transportée dans une petite salle attenante à la chapelle. On s'y tient juste debout au plus haut de la voûte, le brasero dispense une agréable chaleur. L'enfant gît sur une épaisse litière tenue d'un drap, très pâle, très immobile. Une femme échevelée pleure à ses côtés avec un petit bruit mouillé. Jeanne, qui les suivait, la fait relever, la soutient, et, avec la gentillesse pétulante qui la caractérise, l'entraîne au-dehors.

Thomas et Marie avancent en silence, échangent un regard. Lambert n'ose pas bouger, finit par refermer lentement la porte. Marie découvre l'enfant. Elle explique pendant que les hommes posent leur besace :
- Elle a douze ans. Ils étaient cinq ou six. Ils l'ont violée devant sa mère. Sa cousine a pu fuir. Elle n'a pas repris connaissance, elle est blessée assez gravement dans son corps et dans son âme. Elle saigne peu, mais continûment.

Sa vie la quitte avec le sang, mais aussi par les blessures des autres corps. Il nous faut réparer ces dégâts-là d'abord, peut-être cela suffira-t-il pour arrêter l'hémorragie. Seule, je n'ai pu que nourrir ses forces, ce qui ne fait que retarder le Passage... Avant toute chose, il faut prier et nous mettre en paix.

Thomas est déjà descendu en lui-même. Il murmure à l'adresse de Lambert :
     - Mon frère, laisse faire ce qui veut s'exprimer à travers toi, sans crainte. Je te l'assure, tu ne crains rien. Tiens-toi seulement dans l'amour du Christ.
Lambert est incapable de taire son agitation. Sa pensée crie en désordre sans qu'il puisse la maîtriser. Thomas et Marie l'observent en silence. Ils ont la même amitié, la même sérénité, dans les yeux. Ils attendent sans impatience. Il se sent happé par ces regards, ferme les yeux, reçoit sur les épaules comme un ruissellement chaud qui l'enveloppe et le traverse, réveillant en lui une sérénité inconnue. Derrière ses paupières closes, il y a une attention d'amour fixée sur lui. Il en pleurerait de douceur. Les nœuds de ses craintes se dissipent un à un... Il est en paix.

L'air autour d'eux a changé. La petite pièce paraît rayonner. Marie chuchote, radieuse :"Merci."
Elle ouvre les yeux, se tourne vers le lit :
     - Thomas, peux-tu te placer à sa tête. Lambert, elle a besoin de toi au lieu de l'échange, sous les côtes.
Elle se recueille un instant.
     - Merci pour Ton amour. Je te demande, mon Frère, de guérir cette enfant et de nous inspirer les gestes qui te seront nécessaires.

Ils se taisent.
Au bout d'un moment, Lambert semble suffoquer, ses mains tremblent. Marie pose une main sur son épaule.

- Ne pense pas, laisse passer, reste centré en toi.

Le malaise a cessé presque aussitôt. Il sent des flots pulsants qui traversent ses mains, il ne quitte pas de sa pensée le regard indicible qui le soutient, son corps se fait docile, les sensations qui le remplissent s'ordonnent. Il est perdu, fondu, dans un vouloir d'amour immense qui lui montre comment placer ses mains pour appuyer le chant de Marie. Thomas ne bouge pas. Il tient le visage de Célie entre ses paumes. Il sourit. Il se fait adhérence, cohésion, roc d'où naît la guérison. Lambert a posé sur le ventre de l'enfant deux mains tendrement vibrantes. Marie n'est qu'un souffle aimant qui l'effleure.

L'enfant respire tranquillement, son visage est apaisé, elle est un peu moins pâle.

Ils laissent retomber leurs bras, s'éloignent de quelques pas en silence sans pouvoir retenir leur sourire. Marie examine rapidement la fillette, la recouvre. La petite se tourne sur le côté, dans la position du sommeil. Ils la regardent faire avec un brin d'inquiétude puis, rassurés par un signe de Marie, ils s'étreignent fraternellement, poussés par le besoin de partager leur joie.

Quand ils sortent, ils trouvent la mère de Célie, défaite, qui attend. Elle s'éclaire à la vue de leur expression. Thomas pose une main sur son épaule :

 - Nous l'espérons sauvée. Elle repose, et à son réveil, elle vous verra à ses côtés.

La jeune femme sanglote, les yeux plongés dans ceux du moine, sans un bruit.

 - Mathilde, suivez-nous. Jeanne restera auprès d'elle. Il faut vous rafraîchir et vous restaurer afin de lui présenter un visage serein. Vous ne pouvez la charger de votre peine si vous voulez l'aider à porter la sienne.

Mathilde a un sourire brave :

- Je viens. Merci, merci à vous. Soyez bénis de votre aide.

Thomas l'écarte avec douceur :

- Remerciez votre Frère, Jésus, et votre Père. Nous ne sommes que des instruments de Leur amour.

Il s'éloigne sans plus attendre sous les yeux étonnés de la jeune femme qui se tourne vers Marie :

- Il a raison, hors de l'amour, nous ne sommes rien. C'est Dieu qu'il vous faut remercier. Venez avec nous aux cuisines. Sire Guillaume les a mises à notre disposition, et l'on y tient en permanence de quoi se réchauffer et se restaurer.

Ils traversent la chapelle où les attend Thomas, rejoignent la cour. La nouvelle de la guérison de Célie est sur toutes les lèvres. Le soleil est à son zénith et coule en blanc sur les murs. Ils en sont surpris, ils ne pensaient pas être restés si longtemps au chevet de la petite.

Le silence se fait sur leur passage car, vraiment, ils ont l'air autre. Thomas s'arrête, dévisage en souriant les villageois les plus proches, et s'exclame :

- Je vous en prie, mes frères, nous ne méritons pas ce silence et nous avons plus de plaisir à entendre le mouvement de vos vies que ce mutisme dont on ne sait s'il est né de votre respect ou de votre inquiétude ! Je me sens à l'image d'une vénérable relique dont on attend quelque prodige !

Réjouissez-vous plutôt : Célie semble sur le chemin de la guérison, par la grâce de Dieu, et votre vie est sauve... Il s'interrompt, reprend avec force : Nous avons besoin de vous. Notre Seigneur Jésus a besoin de vous... Il vous demande de prier dans votre cœur pour Célie. Il a besoin de la force de vos prières, il a besoin de vous, qui êtes ses aimés, pour elle. Il a besoin de votre confiance en lui et de votre joie.

Mathilde ose le regarder en face, interroge :

- Comment cela est-il possible ? Dieu aurait besoin de nous ? Mais nous ne sommes rien !

- Vous êtes tout pour lui, n'en doutez pas. Nous avons fait en sorte que les conditions matérielles de la guérison soient réunies, comme ton homme fait naître dans la terre la promesse des récoltes. Dieu a besoin de vos prières comme la semence a besoin de la pluie pour lever. La prière ouvre les cœurs à Son amour, il passera par vos cœurs pour atteindre Célie, il passera par votre foi, par le don que vous lui faites de votre certitude en sa vie... Dieu ne peut se passer de nous, voyez-vous, il nous aime tant !

Allons, nous avons encore de l'ouvrage, et vous aussi !

Il reprend son chemin dans un joyeux tumulte, chacun s'étonnant ou riant selon son caractère. Quelques-uns prennent résolument la direction de la chapelle. Marie s'amuse des diverses réactions qu'elle surprend, avise Lambert qui, semble-t-il, n'a pas encore repris pied sur la terre. Son air extasié la fait rire. Thomas interpelle le jeune homme :

- Mon frère, nous sommes arrivés aux cuisines ! Réveille-toi ! Si tu ne parviens pas à unir le visible et l'invisible en toi, tu vas dépérir rapidement, et cela ne fera le profit de personne. Il ajoute en désignant la cour : N'oublie pas que ce sont les simples qui sont proches de notre Seigneur. Parce qu'ils le vivent sans questions et sans doutes. Simplement.

Lambert le regarde avec admiration. Thomas éclate de rire :

- Je t'en prie, ne me regarde pas ainsi ! Marie me saute au cou et tu ouvres des yeux grands comme des coupes, c'est trop pour moi en un seul jour !

Il en rit encore quand il passe la porte. La chaleur des foyers leur empourpre les joues. L'odeur des galettes brûlantes empilées sur les tables leur fait monter l'eau à la bouche. Marie les suit jusqu'au banc le plus proche, retient un instant son ami, lui soufflant qu'il lui faut aller rejoindre Claire et qu'elle reviendra dès que possible. Il n'a pas le temps de lui répondre qu'elle s'est éclipsée. Il soupire, reporte son attention sur la nourriture que Lambert vient de poser devant lui et se rassemble pour bénir leur repas.

Quand je suis arrivée, Claire dormait, lovée dans les couvertures, émouvante par sa blondeur de cendre et le sourire enfantin qui retroussait ses lèvres. Elle m'a fait penser à ces primevères vigoureuses et fragiles qui éclosent au printemps entre deux plaques de neige, en marge du sous-bois.

Elle n'a pas voulu retourner à Blamont. Elle désirait seulement rentrer chez elle, aux Hautes Terres, près d'Abbévillers. Son père était malade, et on l'avait envoyé chez sa tante dans l'espoir de la voir admise comme fille de corvée au château. Elle était là depuis peu quand l'attaque a eu lieu. Je promis de la ramener chez elle quelques jours plus tard, et de voir son père.
Thomas insista pour nous accompagner avec le mulet dont l'âge n'entamait pas la vaillance. Je sentais bien qu'il était inquiet. Il redoutait quelque malheur, j'en plaisantais, il riait aussi mais ses yeux me priaient de prendre garde...

Ils montent au rythme du mulet qui avance paisiblement, les oreilles attentives. La pente est rude. Le chemin raye le coteau de biais, en lacets serrés. Ils s'arrêtent pour reprendre souffle sur un surplomb rocheux qui domine la vallée. Les nuages sont à mi-pente, un peu au-dessus d'eux, la nature frémit imperceptiblement. Marie frissonne. Elle lève la tête vers la petite juchée sur le dos osseux du mulet, perdue dans une cape trop grande dont la capuche lui retombe sur les yeux. Le froid lui rougit les joues, elle se cramponne à deux mains à l'étrivière qui entoure l'encolure de sa monture. Elle répond au regard de Marie par un sourire joyeux, tourne timidement les yeux vers Thomas. Cet homme-là la fascine. On lui a appris le respect de la religion, mais elle en avait compris le sérieux et l'inaccessible austérité. Or, depuis qu'ils sont partis, Thomas et Marie plaisantent comme n'importe qui au village et semblent vraiment se soucier d'elle.

À l'instant, il regarde le ciel, remonte la main sur la longe :

- Il pourrait bien neiger d'ici peu ! Prête ?

Il sourit à l'enfant :

- Tu habites bien haut !

Elle répond d'une petite voix mince :

- Après la forêt, c'est plus plat.

- Tant mieux. Notre camarade n'en sera pas mécontent.

Il caresse amicalement l'encolure moite, claque de la langue. Le mulet se fait prier, tend la longe, s'ébranle enfin avec un brusque coup de rein qui fait tanguer la fillette. Elle pouffe nerveusement en attrapant d'un geste vif la crinière hirsute. Marie lui saisit la cheville pour la maintenir en selle, avec un sourire amusé.

La forêt s'est refermée sur eux. Le sol est moins pentu. Ils progressent facilement, glissant parfois sur des plaques de neige gorgées d'eau qui leur glacent les pieds.

Depuis un moment, ils se taisent. La petite se laisse bercer par le balancé tranquille de l'animal. Thomas et Marie cheminent l'un près de l'autre, perdus dans leurs pensées. Thomas relève soudain la tête.

- Je vais repartir après la Noël.

Marie tourne vers lui un visage attentif.

- Othon négocie les fiançailles de sa fille avec Philippe de France. Il met dans la dot le comté de Bourgogne. Le comte Renault a des domaines là-bas, et se trouvera vassal du Saint Empire pour ses possessions de Montbéliard, et vassal de France en Bourgogne. Le connaissant, cela n'ira pas sans désordres. Entre nous, amie, cette branche de la maison de Châlon semble émousser son intelligence au fil des générations...

Toujours est-il que je serai probablement longtemps absent... il hésite ...et que j'ai le sentiment que tu es en danger.

Il a parlé bas. Marie se tourne vers lui, incertaine de ce qu'elle a entendu. Il a baissé la tête, elle ne voit que le capuchon de bure sur lequel se posent mollement les premiers flocons.

    - Que marmonnes-tu dans ta coule ?

    - Rien. Nous en parlerons tout à l'heure.

Il se retourne.

    - Tu n'as pas froid, Claire ?

    - Non.

La fillette secoue la tête avec vigueur. Thomas lui sourit, encourage le mulet qui paraît s'endormir en marchant, les oreilles ballantes et le pas traînant.

Marie reprend :

    - En quoi ton absence serait-elle particulière ? Nous te voyons rarement, de toute façon.

    - Othon m'a demandé d'aller en terre de France. Il est proche du roi, mais Philippe n'ignore pas que le comte Renault verrait d'un très mauvais œil que ses terres de Bourgogne passent à la couronne. Il faudra donc négocier avec Rodolphe et l'évêché de Bâle, afin qu'ils n'appuient pas Renault s'il décide d'entrer en conflit ouvert avec le roi. Othon compte sur moi pour mener à bien ces... transactions...Honnêtement, amie, je me demande parfois ce que je fais là. Mais si l'on veut que cette région ne souffre pas trop de l'impétuosité de ses seigneurs, il faut les contrôler, et seuls les princes en sont capables... Ils ont besoin pour ce faire d'émissaires officiels... et de ceux-là que l'on ne voit pas.

    - Et tu es desquels ?

Il rit :

- Des deux ! Je suis celui que l'on rencontre en privé, et dont, en public, on attend un avis... d'Église.
Il se tait un instant, ajoute avec humour :

- L'empereur commence à me connaître :"Alors, mon père, voyons comment concilier les intérêts de l'empire et ceux de ses gens ! Nous commençons par l'empire ?"
Il a prononcé les derniers mots avec un fort accent. Un rire joyeux lui répond.
Il se retourne vers la petite :

- Eh coquine, tu as de longues oreilles ! Aussi longues que celles de ta monture !
Elle rit de plus belle. Le mulet, surpris, prend le trot sur quelques foulées. Marie la rattrape de justesse.

Le plateau ondule devant eux. La forêt a cédé la place aux pâturages coupés de bosquets dépouillés et de sapins noirs qui dressent leurs silhouettes coupantes sur la grisaille. Une vague odeur de feu flotte jusqu'à eux. Ils marchent à nouveau en silence. Seuls le chuintement de la terre, le tintement des anneaux du licol les accompagnent, et le bruit assourdi des étoffes humides. Quelques flocons rares et lents étoilent leurs épaules. Leur respiration désaccordée danse en nuages tièdes devant leurs visages.

- Nous sommes bientôt arrivés, il me semble.
Thomas étudie le plateau. Il désigne à Claire un filet de fumée qui s'étire sur les arbres, à leur droite :

- C'est là ?
Claire acquiesce, tend le bras en direction d'un petit bois :

- Là-bas, il y a un chemin qui part dans les arbres. Les maisons sont plus loin, après les vergers.

Le chemin boueux serpente entre les vergers enclos de palisses renforcées d'épines. Ils distinguent à présent des toitures noircies nichées dans un repli de terrain. Quelques instants plus tard, ils pénètrent dans la cour. La fillette s'agite, faisant broncher le mulet. Marie la reçoit dans ses bras, la laisse glisser à terre. Elle se précipite vers les maisons, Marie et Thomas la suivent plus lentement.

L'ensemble des bâtiments offre un aspect déroutant. Les constructions sont visiblement récentes. Il y a là trois habitations soignées, de bois et de torchis, élevées sur des assises de pierre, surmontées de cheminées et appuyées d'étables. Plus loin, deux granges bâties de branchages liés qui descendent jusqu'à terre, et, à part, le four et son appentis. Le tout est enclos d'une robuste palissade qui est restée inachevée et se poursuit d'une haie irrégulière. Quelques poules errent près de l'étable adossée à la maison la plus proche, une chèvre est attachée dans le dévers. L'ensemble donne une impression de désolation glacée. Le fumier s'empile à la porte de l'étable, les granges sont presque vides, la boue prend d'assaut le fournil où les panières abandonnées semblent accueillir plus souvent les volailles que le pain. Un tas de cendre humide déborde du cendrier et coule au bas des murs.

La petite est entrée en courant dans la première maison. Elle ressort un peu plus tard, les rejoint près du puits.
- Mon père est seul. Maman est dans le bois, je sais où. Je vais la chercher.
Marie la retient :
- Veux-tu que je t'accompagne ?
- Non, ça n'est pas loin... c'est chez moi ici. Je ne crains rien !
Thomas retient un sourire :
- Va vite, nous t'attendons.
La fillette repart, faisant gicler la boue glacée sur les poules qui s'égaillent en caquetant furieusement.
Thomas cherche du regard un endroit où laisser le mulet, aperçoit un anneau scellé près de la porte de l'étable, à l'abri

du vent. Il attache l'animal, le protège de la couverture qui servait de selle à Claire. Marie s'est chargée des sacs. Ils hésitent, se rapprochent de la porte qui est restée ouverte. La voix pointue de l'enfant les fait tourner ensemble vers le passage étroit qui sépare les granges. Une femme arrive, courbée sous une charge de bois mort. Claire la suit de loin en se disputant avec un gamin qui doit avoir quelques années de moins qu'elle.

La femme laisse tomber son fagot, se redresse lentement, les dévisage avec méfiance en essuyant ses mains sur sa jupe.

Thomas s'avance. Marie reste en retrait, avec un demi-sourire. Thomas se présente, raconte, explique, avec la simplicité chaleureuse qui lui est propre. La femme se détend visiblement, leur fait signe d'entrer. La pièce est froide et sombre. Une bûche charbonne dans l'âtre. Elle leur indique des escabeaux, rapproche les fumerons épars, réveille de quelques brindilles une flamme maigre. Elle se tourne enfin vers eux :

    - Je m'appelle Jenanne. Soyez les bienvenus.

Les mots semblent franchir ses lèvres avec peine.

    - Soyez remerciés, pour Claire.

Marie lui sourit :

    - C'était bien naturel.

La femme hoche la tête :

    - Pas tant que ça ! Il y en a bien qui ne l'auraient pas fait.

L'amertume lui fait le visage discordant. Thomas a un geste d'apaisement :

    - Pour nous, c'est naturel. Claire nous a dit que son père était malade. Si vous le désirez, nous pouvons voir ce qu'il en est...

Il prévient le recul :

    - Il ne vous en coûtera rien.

Une sourde douleur affleure. Elle s'est fermée, hésite. Finit par accepter, comme à contrecœur.

- Vous savez, la dormeuse est venue. Ça fait longtemps qu'il est comme ça. Elle dit qu'elle n'y peut rien, qu'il se mange l'âme.

Marie sent le regard de la femme fixé sur elle. Elle a la sensation d'une vertigineuse détresse masquée de fierté. Thomas répond avec douceur :

- Nous verrons. Avec l'aide de Dieu, nous pourrons peut-être le soulager.

Elle a un murmure amer :

- Dieu, ça fait longtemps qu'il nous a laissés. On ne sait plus où il est...

Elle s'est retournée vers la cheminée, se baisse pour passer sous la hotte qui court sur toute la largeur du mur et attrape un chaudron qu'elle pose sur le trépied. Elle reste là, la tête basse, la nuque raide.

Thomas reprend la parole tendrement :

- Il est revenu. Venez. Menez-nous à votre mari.

Elle a un signe bref qui fait rouler une larme, désigne une portière tissée, au fond de la pièce.

- Il est au fond, dans l'alcôve. Il a pris froid, en plus, et ne se remet pas.

Elle écarte le rideau. L'alcôve est plus obscure encore que la salle. Ils devinent un bâti de bois qui soutient une paillasse, un tabouret sur lequel sont posés un bol vide et une lampe éteinte. Le froid les surprend. Il y a bien un brasero, mais il est vide. Un jour vague entre par la fenêtre étroite garnie de tissu huilé. Marie frissonne. On distingue une forme étendue sur le lit, sous une couverture fourrée.

Elle avance la première. La femme la suit, se penche, dit avec une négligence blessée :

- Ils viennent te soigner. Ils ont ramené Claire.

Marie murmure :

- Pouvez-vous allumer la lampe ? Juste un instant...

Elle s'agenouille près du lit, le cœur serré d'une inexplicable angoisse.

Thomas l'observe, sourcils froncés. Doucement, elle pose la main sur l'épaule osseuse. L'homme se tourne lentement vers elle.

Il a le visage décharné, les yeux trop brillants, allumés par la flamme de la lampe que Thomas tient au-dessus d'eux. Elle s'est figée. Elle ne sait pas encore pourquoi. Quelque chose dans ce visage la pétrifie, éveille des souvenirs enfouis. Le nez fort, la bouche demeurée charnue malgré tout, le front irrégulier qui semble buter contre les sourcils épais...

Elle se mord les lèvres jusqu'au sang, très pâle, se relève précipitamment.

- Je vais chercher mon sac.

Thomas la suit des yeux sans comprendre. L'homme a une étrange expression de terreur et de soulagement fataliste mêlés. Quand Marie revient, elle a retrouvé son calme. Elle confie le sac à Thomas, examine longuement l'homme. Finit par dire, impénétrable :

- Bon. Le refroidissement n'est rien. Comment t'appelles-tu. ?

Il ne répond pas. C'est Jenanne qui parle :

- Perrin.

- Perrin, tu n'es malade que de ta propre vie. Nous allons tenter de dénouer ta douleur. Le reste est entre tes mains.

Jenanne a eu un sursaut. Marie lui demande :

- Va faire chauffer de l'eau et prépare une tisane avec ceci.

Elle cherche un instant, pèse dans sa paume bourgeons et écorces qu'elle tire d'un sachet de toile fine.

- Il faut laisser infuser longtemps en couvrant le pot.

Thomas ne dit rien. Il pose un instant sa main sur l'épaule de son amie, s'étonne de la tension qui l'habite, la fait pivoter vers lui et plonge dans son regard clair qu'il découvre embué. Il se fait interrogateur, observe l'homme, revient à elle.

L'homme a croisé le regard du moine. Il chuchote :

 - C'est l'heure...C'est la fille aux loups...

Thomas a un geste de compassion. Il écarte doucement la jeune femme qui ravale ses larmes, sourit :

 - Il faut prier pour lui.

Marie acquiesce, prend le bol des mains de Jenanne qui vient d'entrer, avec un remerciement.

 - C'est bien. Il faudra lui en donner quatre fois par jour. Je laisserai ce qu'il faut.

Elle s'agenouille à nouveau, lui présente le bol. Il a un instant de détresse.

Elle l'aide à se redresser, lui tend la tisane. Il la regarde droit :"C'est justice !"et boit d'un trait.

Elle a fermé les yeux. Elle murmure :

 - Il te faut guérir ton âme. Il faut que tu te pardonnes ta vie...

Elle poursuit si bas qu'il doit faire effort pour entendre :

 - Il s'appelait Nicolas. Tu as mon pardon aussi...

Thomas a deviné les mots plus qu'il ne les a perçus. Il pose sur elle une main de réconfort :

 - Va, amie. Dieu va l'entendre, Lui seul peut le guérir et le réconcilier. Va auprès de sa femme. Elle a tant souffert de ce qui n'est pas d'elle...

 Je suis sortie. Je n'en pouvais plus. Je souffrais plus des tortures qu'il s'infligeait depuis sept ans que du souvenir. Sa femme attendait près du feu. Elle avait remis du bois, il commençait à faire chaud. Les enfants croquaient des noix en riant, elle les a envoyés rentrer la chèvre. Elle m'a raconté.

Elle mangeait à demi les mots, les hachait de silences et de gestes brefs qui en disaient long.

Il était bûcheron. Libre. Avait reçu sa tenure des mains de Gaulthier, d'Abbévillers.

Il avait tout construit, avec ses deux frères. Il était seul marié, alors. Ils avaient Claire qui avait quatre ans, et Hildegarde, une autre petite qui s'est rompu le cou en tombant de l'échelle.

Quand tout a basculé, elle attendait son garçon.

Ils étaient partis plusieurs jours, les trois frères, pour marquer des fûts. Elle n'a pas su ce qui s'était passé. Ils sont rentrés changés. Perrin, surtout.

Ils ont commencé à se quereller à tout propos. Les frères sont partis, pour finir, plus tard. Les maisons sont restées vides.

Lui, ne voulait plus bûcheronner. Il faisait des cauchemars. Petit à petit, il s'est désintéressé de la terre.

Il l'aimait, pourtant, et le bétail aussi. La ferme était prospère, alors.

Il ne l'a plus touché non plus, elle. On aurait dit qu'il avait peur.

Elle a fini par tout faire. Il a maigri beaucoup. C'est comme s'il voulait mourir. Elle a fait comme elle a pu, pour entretenir, pour survivre, pour les petits...

Elle s'est levée, a sorti les écuelles. Elle voulait nous garder pour le repas. J'ai tiré de ma besace ce que nous avions : du pain, du fromage, des pommes... Thomas nous a appelées. Perrin avait enfin l'air en paix. Jeanne a eu un sourire d'espoir timide qui l'a transfigurée.

Thomas a rallumé le brasero, nous avons partagé le repas.
Je les ai embrassés tous les deux au moment de partir. Perrin s'en est ému aux larmes.

La neige tombe à présent à petits flocons serrés qui leur piquent les joues. Ils se hâtent. Ils ont descendu prudemment les lacets en glissant sur la neige fraîche, leurs pieds insensibles lancent au moindre choc de fulgurants appels qui sonnent dans tout leur corps. Le mulet rétive, tente de se mettre dos au vent dès qu'ils font face aux bourrasques.

- Nous allons être obligés de nous arrêter à Glay, il va bientôt faire nuit.
Marie peste :
- Si cet animal voulait bien avancer. !
Le chemin traverse une sapinière, le vent qui siffle dans les cimes ne les atteint plus aussi violemment. Ils s'arrêtent, épuisés et transis. Marie souffle sur ses doigts gourds, se glisse à l'abri des branches. Le mulet présente sa croupe à la tourmente et s'immobilise, stoïque, la tête basse. Thomas l'attache maladroitement, rejoint la jeune femme dans son abri. Le sol est presque sec, feutré d'aiguilles rousses. Il s'assied, l'attire contre lui, referme sur eux les pans de sa gonelle. Elle grelotte si fort qu'elle ne peut parler. Elle esquisse un pauvre sourire. Il se moque gentiment de sa pâleur, réchauffe avec patience ses mains glacées.

- Amie, tu es plus froide qu'une rivière en janvier !
Il a les pieds pétrifiés dans ses houseaux, elle doit souffrir aussi. Son visage est dessiné de mauve sous les yeux, autour de la bouche. Il est inquiet, le jour baisse, le froid leur colle au corps, glaçant sournoisement leur sueur. La maison forte de

Glay n'est plus très loin, mais du train où ils marchent, il leur faudra une bonne heure...

Elle tremble moins. Elle a caché son visage contre lui, il sent la tiédeur de son souffle au travers de la laine.

- Il faut repartir, Marie, la nuit tombe, il a un rire doux, je ne crains pas les bêtes fauves, mais tu ne peux pas encore apprivoiser le froid.

Elle répond contre son épaule :

- Sait-on jamais ? Pour le moment, je rêve d'un grand feu, d'un bol de lait chaud, et de... je ne sais pas, en fait. De rester là, peut-être.

Elle lève vers lui un visage noyé dans l'ombre du capuchon. Il rétorque :

- C'est cela ! Et au printemps quelque passant trouvera des os bien propres emmêlés au pied de cet arbre ! Allons ! Tu vas monter le mulet et me presser cet animal du mieux que tu peux !

Ils se faufilent hors de leur abri. Le vent les saisit d'un coup, et un curieux sentiment de solitude glaciale, comme si la proximité de leur corps leur était tout à coup devenue nécessaire.

La route coule devant eux sans fin. La vallée est balayée de vent, la boue noire avale les flocons qui la frôlent. Il n'y a que l'herbe pour blanchir lentement, dessinant le chemin comme une blessure.

Une masse grise se profile devant eux, les premiers vergers apparaissent, et les clôtures des potagers. Ils traversent le village silencieux, parviennent à la grande porte sans avoir rencontré âme qui vive. Un garde reconnaît Thomas qui a rejeté son capuchon, ouvre la poterne. Dans la cour, il n'y a pas de vent. Quelques hommes en armes qui se réchauffent autour d'un brasero leur jettent un regard curieux.

Marie ne peut retenir un gémissement quand elle saute à terre. Ses pieds n'existent que dans la douleur qu'ils crient en touchant le sol. Thomas l'enlève dans ses bras, on emmène le mulet.

La chaleur des cuisines les fait suffoquer. La pièce paraît immense, voûtée et dallée, attenante à la maison. La cheminée occupe tout un mur, les flammes dansent une sarabande effrénée devant les yeux de Marie. Il y a des bancs que l'on tire un peu à l'écart... Elle flotte à la limite de l'inconscience. Quelqu'un lui glisse entre les lèvres une cuillerée de liquide très sucré. Chaud. Agréablement chaud. Elle sent sa cape partir, ses houseaux de cuir trempés résistent, raidis par le froid. La douleur lui arrache des larmes. On lui masse les pieds, elle connaît ces mains-là... Thomas, ce sont les mains de Thomas. Le sang revient lentement. Elle a la souffrance au bord des dents. Curieusement, elle se sent mieux, parvient à sourire. On lui tend un bol. C'est Jehanette, elle la reconnaît à présent. Elle rencontre le regard de son compagnon :
- Un bol de lait et du feu... tout arrive !
Ses lèvres malhabiles ont du mal à rendre les sons intelligibles. Elle remue faiblement les orteils :
- Ça va aller. Prends soin de toi. Jehanette, oblige-le à se réchauffer, il oublie toujours qu'il n'est qu'un homme.
Thomas sourit à son tour, retire ses houseaux avec peine. Ses gestes contraints disent sa fatigue, et la façon qu'il a de s'adosser au mur. Il boit à son tour.
On s'active. Jean de Glay, que l'on a prévenu, entre, suivi d'une jeune femme qui porte vêtements et chaussons de fourrure. La salle basse les accueille pour un repas très simple, on fait de la place dans la pièce qui jouxte la chambre seigneuriale, là où dorment les enfants et la nourrice. Marie dormira avec elle et dame Guillemette dans le grand lit, Thomas demeurera avec Jean.

La dame de Glay et Marie ont devisé un moment, puis se sont retirées. Les hommes étaient encore à parler, presque graves, tellement absorbés par leurs propos qu'ils ne se sont pas aperçus de leur départ.
La menace des Bâle semble écartée mais le guet se maintient. La nuit est close autour des murs.

Nous sommes partis tard dans la matinée. Le paysage éclatait de soleil, la bise avait balayé le ciel et gelé la terre. Thomas avait dû passer une bonne moitié de la nuit avec Jean et semblait malgré cela dispos, alors que la fatigue me pesait encore. Le mulet paraissait de mon avis : il se faisait prier.

Nous nous sommes arrêtés à Blamont. Lambert, qui demeurait là jusqu'au plein rétablissement des blessés, nous a trouvés au sortir de la chapelle.
Célie allait mieux. Elle restait toutefois très silencieuse, et contenait avec peine des mouvements de panique à l'approche d'un homme. Elle avait néanmoins confiance en Lambert qui l'apprivoisait comme un chevreau, de la voix et du regard, et qui pouvait la toucher alors que sa mère semblait la blesser en avançant la main.

L'élan que Thomas avait donné au village se maintenait. La chapelle accueillait nuit et jour des gens en prière, on y rencontrait même ceux qui n'avaient jamais eu grand souci de religiosité. Tous semblaient y puiser réconfort, et sire Guillaume lui-même se mêlait à eux. On voyait naître là une vraie communauté, où les tensions et les critiques disparaissaient parce que chacun s'ouvrait à la différence de l'autre et l'acceptait, sans jugement et sans heurt.

Le village et le château se faisaient frères, l'entraide était entendue, et qui se sentait à bout de forces était immédiatement soutenu par le premier passant.

Guillaume nous en faisait la réflexion alors que nous nous préparions à partir. Thomas répondit qu'il avait souvent vu cela, que la prière constante et les difficultés permettaient souvent aux hommes de révéler le meilleur d'eux-mêmes, simplement par la conscience que le groupe est force, refuge et communion dès qu'il se reconnaît comme tel. Il a souri :
 "Obliger l'autre à s'inscrire dans ce que l'on croit juste n'est d'aucun intérêt. Mais l'accepter, l'aimer comme il est, même si l'on ne comprend pas, est tellement important. Ce village existe en un, en ce moment, parce que tous acceptent que chacun ait sa fonction propre, du plus faible qu'il faut soutenir, au plus fort qui a naturellement autorité. Et comme personne ne se sent isolé, rejeté, ou abandonné, tous se mettent à œuvrer avec vaillance, chacun à sa mesure.
Nous prions, nous sentons aimés de Dieu, et savons que si quelqu'un fait une erreur, ou se révolte, un autre sera là pour prendre le relais sans un reproche.
Quand tout ira mieux, les disputes reprendront, et les petitesses, mais cela sera de moindre importance. Le village est, et cet état s'inscrira dans la mémoire du lieu, et perdurera.
Les cœurs changent ainsi, sans éclats, mais quelle richesse. Un sourire né d'un instant de partage fait naître des trésors invisibles..."

Et quel sourire, quelle puissance t'habitaient alors, ami...

Tu as rompu d'un rire :

"Vous voilà bien silencieux. Je parle trop, comme toujours... Allons, il est temps de partir. Pourrez-vous me donner asile cette nuit, mon frère ? Je serai de retour pour les vêpres."

Guillaume a accepté, bien sûr. Je le savais ton ami depuis longtemps, avant même que Thiébault ne lui confie le fief de Blamont. Il nous a regardés partir. C'est un homme juste, Guillaume d'Ornans, qui allie réflexion et action, prompt à la décision sans impulsivité. C'est l'un de ceux que tu souhaiterais plus nombreux.

Nos pensées suivaient des chemins similaires, car tu as murmuré :
 "Thiébault ne pouvait faire meilleur choix pour tenir cette forteresse. Si tu es en peine, tu peux compter sur cet homme-là..."

Si je suis en peine...

Ils traversent la clairière d'un pas vif, faisant crisser la neige gelée. La porte s'ouvre sans bruit, les bûches de chêne ont gardé un cœur ardent qui allume en deux souffles le fagot et la charbonnette. Ils s'étudient, songeurs, presque troublés. Lui se détourne, plonge son visage dans ses mains avec un rire :

- Dieu, amie, nous voici embarrassés comme deux adolescents par les souvenirs d'un lieu !

- Il y a bien longtemps que tu n'es revenu.

Il relève la tête :

- Oui, il y a longtemps.

Ils sont séparés de deux grands pas. Sa voix à lui est curieusement assourdie, lointaine :

- Tu m'émeus, Marie. J'avais grande envie de te voir et cela m'est douleur...

- Thomas ?

- Oui, amie.

Elle a tourné son visage vers le feu, les mains entrouvertes comme pour une supplication.

- Pourquoi... pourquoi sommes-nous si vulnérables ?

Il a un sourire tendre :

- Parce que nous sommes vivants.

Ils parlent ainsi, sans se voir. Lui laisse errer son regard sur les fleurs peintes à la voûte, elle, fixe les flammes.

- Hier, j'avais vraiment envie de rester contre toi.

- Je sais... moi aussi.

Le feu craque. Marie s'approche de la fenêtre, touche le verre irrégulier qui fait ondoyer la forêt.

- Je veux dire... tu es aimé...

Ils se font face ensemble.

- Il fallait bien le dire.

- Maintenant.

- J'ai peur de ne plus te revoir.

- Nous nous reverrons ailleurs.

- Je suis revenu pour cela. Je crains vraiment qu'il ne t'arrive malheur.

Il s'avance, lentement, défait la coiffe, contemple l'ovale pur du visage, la bouche tendre et sérieuse, dénoue les tresses lourdes. Laisse retomber ses mains.

Elle a gardé les yeux baissés.

Ils sont en silence, en état de silence. L'un en l'autre.
Ils ne se touchent pas.
Ils ne se voient pas.
Ils ne se désirent pas.

Ils sont en silence. Dans leur silence.

Plus tard, leurs mains se rencontrent, se frôlent, leurs doigts se dessinent sans insistance, pour le seul plaisir de se reconnaître. Ils sourient.

- Que crains-tu ? Que peut-on nous enlever ?

- Rien. Rien de ce qui est important. Seulement la certitude que, quelque part, une respiration s'accorde à la

nôtre, que la vie peut encore nous offrir d'unir nos mains, de sourire ensemble, de regarder le même ciel... Tout cela n'est rien, mais il n'en est pas moins douloureux d'y renoncer.
- Je le sais... je le sais bien.
Elle pose doucement son front sur son épaule. Ils sont unis en confidence, leurs doigts s'emmêlent.
- Marie, j'ai le désir fou de te garder contre moi et de t'emmener, comme un compagnon d'amour, marcher vers les hommes pour semer l'espérance. Nous pourrions soigner, parler... nous taire. Nous taire, surtout. En offrant simplement ce que nous sommes.
Amie, parcourir la terre avec toi en portant la Parole vivante livrée dans nos actes, du mieux que nous pouvons. Jusqu'au bout, jusqu'à quitter nos corps usés et fatigués...
- Alors tu t'allongeras contre moi, une seule fois, pour me tenir chaud, pour que je ne meure pas seule dans la neige...
- C'est folie, amie douce, mais il me semble l'avoir vécu... J'ai la certitude absolue de marcher avec toi de toute éternité, et d'être exactement là où je dois être, maintenant... Je t'aime, Marie, hors de l'humain.

Il rit très bas :
- Tu n'as aucune idée du bonheur qui m'habite !
Elle lève les yeux, rayonnante :
- Si.

Il referme les bras sur elle, et ils demeurent ainsi, sans autre désir que celui de rester appuyés l'un à l'autre.
Le feu qui s'écroule, un tison qui roule au milieu de la pièce les séparent. Marie approche deux escabeaux, pose entre eux des noix et des pommes. Ils mangent lentement. Elle reprend la parole la première :
- Tu parlais de danger ?
Il réfléchit, constate avec ironie :

- Pour une fois, les mots me manquent ! Je le sens... J'ignore pourquoi.

Des mots qui m'alertent, mon cœur qui me crie sans cesse que je ne te reverrai pas ? Chaque regard, chaque rire de toi me sont douleur et joie que je voudrais retenir.

Elle sourit avec un peu de mélancolie :

- J'ai, moi aussi, un sentiment trouble, un peu comme si l'année à venir allait être difficile pour tous. Il y a comme un malaise de la terre que je ne m'explique pas. Une tension peut-être, je ne sais... Quelque événement se prépare et je n'ai aucune idée de ce qu'il peut être.

Ils se taisent, chacun cheminant en silence dans sa réflexion, laissant s'ajuster les mots afin que naissent de nouveaux possibles. Thomas soupire :

- Depuis mon retour, j'écoute et j'entends. Les gens d'ici t'estiment, t'aiment ou te craignent. Ils ont tous un point commun. Ils te prêtent des pouvoirs hors nature. Le danger réside là.

- Qu'y puis-je ? Ils préfèrent voir le surnaturel plutôt que la simple application des lois de vie et d'amour. Il n'y a là aucune magie, et rien qui m'appartienne.

- Je le sais bien. Mais ce qu'ils acceptent de moi qui suis moine, ils te le refuseront toujours. Ils me savent en relation avec un ciel pourvoyeur de miracle. La religion l'autorise. Et s'ils voient un loup à ma porte ou si ma bénédiction protège des semis, ils me diront saint et béni de Dieu. En face de toi qui vis de la même façon hors l'Église, ils auront un vague sentiment d'anormal, d'inexplicable, même si nous savons puiser à la même Source. Que les événements les blessent et permettent à quelqu'un de semer le doute...

J'ai entendu récemment des prêches... dangereux, et j'ai pensé à toi. Je t'en prie, amie, garde-toi de toute action dont l'intention puisse être détournée.

- Mais tout peut l'être, tout ! Moi aussi j'ai entendu s'exprimer des pensées étonnantes à mon endroit. On m'appelle pour protéger les récoltes, on me pense capable de quelque maîtrise sur les animaux. Tous en ont déduit que si des sangliers ravagent un champ, c'est aussi à ma demande ! Ils ne comprennent pas que les sangliers ont le choix, et que je ne puis, ni ne désire, les contraindre en rien. Quand je refuse les demandes aux forces de mort, on me soupçonne de les accepter par ailleurs. Il en est peu pour ne pas me croire magicienne...

Elle a le regard blessé :

- Que faire, Thomas, où est mon erreur ?

- Je n'ai pas de réponse... Nous croyons à Dieu, et au diable. Qui ne sert Dieu sert le diable. C'est ce qui nous est trop souvent prêché. Nous limitons Dieu à notre entendement et, devant ce que nous ne comprenons pas, notre jugement se résume à ce qui nous a été enseigné.

Tu parles de vie, tu parles d'amour et de notre propre liberté à vivre... Tu portes en toi la mémoire de la fécondité de Dieu, tu es Femme... C'est trop tôt, Marie, c'est trop tôt pour ceux-là, c'est trop tôt pour l'Église qui ne peut qu'en être ébranlée alors qu'elle porte la même Parole.

... Que savons-nous du don de Dieu, que savons nous de ce qu'attend de nous la vie, qui connaît son exigence ? Tout offrir sur les pas de notre Frère... l'amour fait de nous des torches... qui se consument.

... Promets-moi que tu te garderas, mets-toi, s'il le faut, sous la protection d'Enguerrand ou de Guillaume. Eux aussi craignent pour ta vie, parfois, sans en trouver la raison. Promets-le-moi.

- Je peux seulement te promettre de ne rien faire qui ne soit puisé à la Source.

À ces mots, il a baissé les yeux. Elle a un sourire un peu triste :

    - Nous n'y pouvons rien changer, ce qui vit en nous nous mène quelquefois à l'opposé de nos désirs, et nous comble. Nous pouvons renoncer à tout et à nous-mêmes, mais pas à cela. C'est ainsi pour toi comme pour moi.

Rien n'arrête l'amour, Thomas, rien n'arrête l'amour vrai, celui qui ne met pas d'entraves, qui ne possède pas, qui n'attend rien... qui est pont de lumière entre deux êtres, ancré en éternité...

Il n'y a plus de bruit, le feu lui-même se tait. Dehors, les loups traversent la clairière.

    Marie lentement se lève, range le panier de fruits. Thomas a appuyé son front sur ses doigts croisés, les yeux clos. Le temps qui a écrit un sourire sur sa joue, la creuse aujourd'hui d'une ride profonde et lasse. Elle est debout derrière lui, murmure :

    - Tu as l'air épuisé.

    - Non, ça va.

Il se redresse, se met à rire :

    - Peut-être devrais-je dire oui, et réclamer tes soins.

    - Ce serait justice, mais tu parais ne jamais faiblir.

    - Il m'arrive pourtant d'être las, douce amie.

Elle esquisse un geste long à un pas de lui. Il se retourne, surpris.

    - Qu'as-tu fait ?

Elle s'amuse de son étonnement.

    - Tu es le premier que je vois ainsi sensitif... Laisse-toi faire.

Elle recule, semble palper l'invisible, effleure le vide de sa paume, laisse éclore un son. Il la regarde, sent se déplacer sous ses mains de chaudes vibrances dont il ne sait si elles sont d'elle ou de lui. Elle rit doucement :

- Tu dégages tant de puissance que tu repousses mes mains, aux grands lieux d'échanges. Tu as une vitalité et une amplitude hors du commun...

Le chant monte à nouveau, pur, léger. Il le reçoit en lui, le sent naître dans sa chair, s'abandonne sans plus chercher à analyser.

Marie a les yeux clos, reste immobile, les mains ouvertes devant elle, vers lui. Elle est à cet instant d'une beauté saisissante. Il en est fasciné. Elle laisse retomber ses mains, très doucement, offerte, ouvre les yeux. Dans son regard, il voit danser de la lumière, elle a soudain une expression de stupeur émerveillée qui le fait retourner. Il reste saisi, le cœur frappé et chaotique. Le mur s'est effacé. Il rencontre un regard profond qui le remue jusqu'au plus intime de lui-même.

Les mots coulent en eux :

"Soyez assurés que vous êtes là où vous devez être. Allez sans crainte. Je vous le dis, ne craignez point. Quoique vous ayez le sentiment de perdre, vous le gagnez pour votre vie. Demeurez en Moi et allez."

Thomas n'en croit pas ses sens. La voix dense, chaude comme un soleil, reprend d'un ton de reproche amusé et aimant :

"Mes bien-aimés, ne vous troublez pas... ne vous ai-je pas promis en d'autres temps que je demeurerais à vos côtés jusqu'aux derniers jours ?"

Thomas ne peut contenir la joie indescriptible qui le submerge. Il prend la main de Marie, lui broie les doigts sans s'en rendre compte. La lumière s'estompe déjà. Ne reste que le rayonnement tangible de l'amour qui flotte devant eux.

Ils sont pétrifiés. Se regardent enfin, perdus d'une émotion trop grande qu'ils ne savent comment exprimer. S'étreignent. Se séparent. Marie met une bûche sur le feu. Lui, ouvre largement la porte sur la forêt étincelante de givre, inspire l'air glacé avec force, puisant dans le froid la certitude de son éveil, referme. Ils se font face, s'assoient et restent là, les yeux clos, coulés dans un silence adorant qui les guide vers la lumière pure née en leur centre.

Ils sont revenus à eux au bout d'un long moment.

- Amie, est-ce possible ?
- Il semble que oui.

-Nous avons tant reçu dans nos vies, comment oser attendre encore ?
- Je ne sais… Je ne sais pas... Il va te falloir partir. Regarde, le jour s'en va.
L'ombre a envahi la pièce avec discrétion. Déjà. Il se lève à regret. Marie lui tend sa gonelle.
- Voilà.
- Voilà.
- Je descendrai au prieuré, en repartant de Villars, demain.
- Je t'attendrai, j'ai quelque chose à te donner.
Elle rit :
- Alors, tu es sûr de me voir ! Thomas ?
- Oui ?
- Comment te dire...
- Ne dis rien.

Tu as passé la porte, vite, avec un dernier sourire. Tu as traversé la clairière sans te retourner. J'ai su, ami, que ces jours étaient les derniers, et que nous ne nous verrions plus seuls. J'ai su que ce qui se préparait était bien au-delà de nous. J'avais au fond du cœur une fontaine de joie renouvelée qui jaillissait avec force, et une déchirure que je sentais physiquement. J'avais mal alors, et j'ai mal encore, ami. Les liens se dénouent aux mains de nos âmes, il en reste la blessure et elle se fait source vive… source de cet amour-là qui traverse les temps...

Liette attend. Elle a maigri, un peu. Cette minceur lui sied, elle en a une grâce fragile et souple qu'elle ignorait et montre un consentement sans résignation face à la vie qui la fait grande. L'inquiétude de ces temps-là lui étire le regard, et trace deux imperceptibles marques au coin de ses lèvres dont on ne sait si elles sont nées d'un rire ou d'une douleur. Elle accueille Marie d'un sourire tendu, sans quitter des yeux les deux petits qui se disputent dans le verger.

- Que dit-on, au château ? Faut-il craindre encore ?

- Il faut rester vigilant, mais il semble que nous n'ayons plus rien à redouter.

Elle pose une main légère sur l'épaule de son amie.

- Entrons. Il fait trop froid pour demeurer dehors. Tu m'as l'air bien pâle.

Jeantet sort à cet instant de l'étable. Il appelle ses garçons, fait un signe rassurant à Liette et prend le chemin du village avec ses deux petits.

Jeannot dort dans son berceau. Liette le recouvre, a enfin un vrai sourire à l'adresse de Marie, va s'asseoir au coin du feu.

- Je suis fatiguée, c'est vrai.

Elle a un geste d'excuse :

- Je crois que j'attends un autre petit. Je n'ai pas pris ta médecine, je me pensais à l'abri : je nourris toujours Jeannot et le sang n'était pas revenu.

- Nous allons voir. Le ciel vous accordera peut-être une autre fillette !

lle était enceinte, ma Liette. Je ne serai pas là pour faire naître cet enfançon...

Je suis passée chez sa sœur. Elle a d'Aliette le visage et les cheveux de châtaigne, mais sans douceur aucune. Cette fille est forte, résistante comme une lame. Elle a deux petits qui ne sont pas très vigoureux, contrairement à leur mère. Je lui ai porté les baies qu'elle attendait et de quoi calmer les flux de ventre qui la prenaient parfois, puis je suis descendue au prieuré sans plus attendre, croquant une pomme en marchant. Il faisait froid, et très beau.

Thomas est là, comme autrefois. Quand elle entre dans la cuisine, il est occupé à nourrir le feu. Il relève la tête en entendant la porte s'ouvrir, la salue d'un regard, dresse les dernières bûches.

Elle tend la main vers les flammes.

- Il fait toujours aussi froid !

Il ne répond pas, la dévisage, énigmatique. Elle s'étonne :

- Que se passe-t-il ?

Il soupire :

- Il se passe que tu me surprendras toujours.

Elle cherche en elle, ne comprend pas, hausse les sourcils pour une muette interrogation qu'il ignore.

- Enfin, Thomas, vas-tu m'expliquer ?

Il a un lent sourire qui fait briller ses dents et ne la rassure qu'à demi. Le regard qu'elle connaît si bien a d'inquiétants tons ambrés. Elle tire un escabeau, s'assied résolument, poursuit avec un brin d'humeur :

- Je ne bougerai pas d'ici sans savoir ce qui t'occupe.

Sa détermination a raison de lui. Il se décide :

- Il y a trois jours, un homme craint que tu ne l'empoisonnes et trouve cela juste. Hier, ta demeure accueille... L'émotion lui mange la voix. La Présence... Ce matin, nous voyons arriver un homme armé qui dit avoir rencontré une femme, ou une fée, il ne sait, par laquelle il veut se faire moine. Il parle d'arme et de croix de façon assez confuse. Il faut dire qu'il était à bout de force.

Il hésite, reprend avec une légèreté voulue :

- Et hier soir, j'ai appris que j'étais ensorcelé. Je le savais déjà, certes, mais l'entendre dire m'a été une surprise !

Marie reste bouche bée. Il sourit. L'orage n'a pas quitté ses prunelles, mais un frisson de gaieté plisse ses paupières.

- Qu'as-tu à répondre ?

- Tu me stupéfies. Explique-toi...

Il se détend imperceptiblement.

- Hier, au château, j'ai entendu des gardes rire à rendre tripes des propos d'un porcher tellement perdu de boisson qu'il n'en tenait plus debout. Je pensais lui prêter assistance et le ramener chez lui, quand les mots m'ont frappé.

Il s'interrompt, l'observe un instant avant de poursuivre posément :

- Il répétait que la sorcière aux loups lui avait jeté un sort. On lui a répondu que le sort était plutôt dans l'abus de cervoise, mais il ne voulait rien entendre. Ont suivi des propos embrouillés où il était question d'orage, d'éclairs qui entouraient un couple occupé à s'aimer. Tu as des cheveux qui sont reconnaissables, il ne saurait y avoir de doute quant à la femme ! Il est sûr d'être ensorcelé, il en a tout perdu, même sa femme.

- Le malheureux...

- Attends, tu ne sais pas tout. Tu as également pris dans tes rets le prieur et moi-même, pour satisfaire des appétits... hors du commun ! Du moins c'est ce j'ai démêlé de ses dires. Il revenait sans cesse à toi avec des propos pour le moins explicites. Les rires se sont troublés... Quelqu'un m'a vu et le silence s'est fait instantanément. J'ai aidé le malheureux à se redresser, et nous l'avons porté dans une grange afin qu'il cuve sa cervoise en paix.

La jeune femme est atterrée. Il poursuit avec un humour vrai :

- Peux-tu m'expliquer ce que tu faisais sous cet orage ?

Il se met à rire :

- Le moins que l'on puisse dire est que je m'exprime mal et que je n'ai aucun droit de te demander cela ! Mais on ne peut nier qu'il ait vu quelque chose, et que cela lui ait fait perdre son bon sens.

Elle répond avec embarras.

- Il y a sept ans de cela. C'était Nicolas, bien sûr, et nous n'étions pas environnés d'éclairs ! Guillemin m'a dit qu'il m'avait vu, il y a... je ne sais... deux ou trois mois. Il voulait me persuader de sa virilité... le malheureux... Il a toujours bu plus que de raison. Sa femme a fini par le mettre dehors tant il la battait. Tu n'as quand même pas cru. !

Il éclate de rire :

- Je sais à quoi m'en tenir quant à tes appétits : ils sont redoutables... et, à l'évidence, irrésistibles !

Elle sourit enfin.

- Plaisante ! Tu n'avais pas l'air si gai, tout à l'heure !

- Que veux-tu, amie, je ne suis pas un saint ! Les propos étaient crus et m'ont atteint plus que je ne l'aurais pu croire. Tu me rappelles à ma pauvreté chaque fois qu'il me semble avoir fait quelques progrès.

Il ajoute avec un air soucieux :

- Et à ma grande ignorance ! Peut-être devrais-je y remédier...

Marie en a les yeux écarquillés. Ils sont à bout de souffle, secoués d'un rire inextinguible quand la porte s'ouvre sur le prieur qui reste interdit.

- Eh bien, mes enfants, vous voilà bien joyeux !

Marie essuie les larmes qui mouillent ses cils :

- Mon père, je viens d'apprendre que je suis sorcière, fée et femme. Je ne sais si je dois rire ou pleurer à cette nouvelle.

Thomas reprend son sérieux avec difficulté. Marie a plongé le visage dans ses mains jointes, tentant de calmer le rire qui menace de basculer dans les pleurs. Le prieur le voit bien, qui pose doucement les mains sur ses épaules, la ramenant d'un coup à la maîtrise d'elle-même.
Elle relève la tête :
- Mon père, soyez remercié de me prêter encore votre sagesse.
Le regard bleu touche le sien avec une infinie compassion.
- Je ne sais que faire. On me prête quelque obscur pouvoir que je n'ai pas... Je crains que ma présence ici ne vous nuise en donnant corps aux médisances.
- Que peuvent peser les propos d'un ivrogne au regard de tes actes. On oubliera. Tout le monde sait que le malheureux a l'esprit troublé.
- Ce qu'il a dit de l'orage est vrai, tous ont pu s'en rendre compte.
- Il n'a jamais été interdit d'aimer. Et l'on sait que toute divagation puise à la vérité qui se déforme et varie au gré des mots. Quant à ceux qui pensent à la sorcellerie, qu'ils viennent. Je peux leur présenter quelques ensorceleuses qui affolent les hommes sans pour cela avoir recours à la magie. Ne crains rien, tu auras peut-être des regards attachés à tes pas pendant quelque temps, et des sourires complices. Tu es faillible, tu leur deviens plus proche.
- Puissiez-vous dire vrai... De toute façon, nous n'y pouvons rien changer maintenant.
Elle se souvient des mots de Thomas.
- Quelqu'un est venu ? Serait-ce un homme de Bâle ?
- Oui, il a demandé asile. Il désire rejoindre l'évêché. Il t'a rencontré, je crois.

Elle a un sourire :

- C'est le mercenaire que j'ai croisé à Blamont pendant l'attaque ?

- Oui. J'ai fini par comprendre ce qu'il disait. Tu as une manière surprenante de prendre les armes !

- En fait, je n'ai fait que suivre mon intuition, elle semblait juste.

Le prieur approuve, remarque :

- Nous devrions tous avoir ce genre d'inspiration.

Thomas s'est éloigné. Il revient avec un objet rectangulaire enveloppé de toile bise, le tend à la jeune femme.

- Tiens, voici ce que je t'avais promis.

Elle prend le paquet avec un regard interrogateur, effleure la toile, relève la tête vers lui qui attend en murmurant :

- La vie de cet objet est... importante !

Il sourit :

- Ça vient des montagnes du sud.

Elle hésite, se décide à écarter le tissu avec un sourire gai qu'elle adresse au prieur.

- Savez-vous ce que je vais découvrir ? J'ai le sentiment de tenir là quelque chose de frais comme de l'eau et riche comme un soleil !

Enguerrand répond sur le même ton :

- Thomas ne m'a rien dit.

Elle a posé l'étoffe sur ses genoux, reste sans voix devant le coffret qu'elle tient. Le bois soyeux est orné d'un motif géométrique compliqué qui en souligne chaque arête. Un médaillon occupe le centre du couvercle, tissé de lignes fines, précises et brèves, à mi-chemin de l'esquisse, de tons transparents qui suggèrent plus qu'ils ne révèlent et modèlent sans insister. Enguerrand se penche, murmure avec un respect amusé :

- Ève... source et lumière... mon fils, je reconnais là ta main, sans aucun doute... mais c'est tellement différent de tes enluminures...

Marie demeure coite. Elle lève un regard d'enfant sur son ami qui semble presque embarrassé.
- J'avais du temps. J'ai repris les esquisses que j'avais faites chez toi.
Elle rosit.
- Ouvre, l'important est à l'intérieur.
Elle tourne la clef, soulève le couvercle avec précaution. L'intérieur est compartimenté. Elle découvre des sachets de peau serrés de lacets qu'elle effleure d'un doigt.
- Je ne sais ce qu'il y a là, mais quel rayonnement !
Elle saisit avec précaution celui qui est au centre, en fait tomber le contenu au creux de sa main. C'est une pierre longue comme la paume, enracinée de lait à sa base là où l'on sent vibrer encore la roche qui la portait et claire comme l'eau d'une source. Le feu l'allume d'éclats orangés. Marie n'en peut détacher le regard.
- Qu'est-ce, Thomas ?
- Un cristal de roche. On me l'a donné pour toi.
- Pour moi ?
- Oui. J'ai été hébergé quelque temps par un homme qui vit seul dans la montagne. Nous avons parlé...
Il se tait. Elle a fermé les yeux. Elle fait rouler la pierre dans sa paume, referme doucement les doigts sur elle.
Les deux hommes l'observent avec un demi-sourire. Elle est plongée dans le ravissement... Elle a un léger rire, chuchote :
- Elle chante... Elle est source... soleil... Quelle joie !
Elle est transformation de la matière dense en jet de lumière !
Elle rouvre les yeux d'un coup, leur sourit largement, illuminée :
- Comment te remercier, ami ?
Il rit :

- Il faut remercier la terre qui fait fleurir de telles merveilles, mais à mon grand regret, je n'y suis pour rien !
Enguerrand a levé un sourcil surpris qui fait rire Thomas de plus belle.

- Non, mon père, je ne renonce pas à ma foi. C'était un hommage au Créateur au travers de la création.
Marie remarque :

- Nous félicitons une mère pour la beauté de son enfant. Pourquoi pas la terre ?
Enguerrand s'incline de bonne grâce :

- Je vous en prie, je n'ai rien dit... et en l'occurrence vous avez raison. Regarde donc, Marie, quels trésors se dissimulent encore dans ce coffret.

Elle range la pierre avec des gestes délicats, sort quatre fioles fragiles fermées de bouchons de liège. Elle les débouche une à une, hume, interroge Thomas du regard.

-Ce sont des huiles préparées de façon particulière, sans macération ni distillation. Elles sont nées de l'essence même des plantes vivantes.

- Je le sens bien. Je n'ai jamais perçu une telle... vitalité ? Ces huiles contiennent la vie, plus même que les plantes dont elles sont issues. C'est un don exceptionnel...

- Tout est venu de cet homme qui contait les étoiles. Il m'a parlé de toi comme s'il te connaissait. Il n'a pas voulu me dire ce qu'il te fallait en faire. Il m'a affirmé que tu saurais entendre.
Elle sourit :

- Il me faudra un peu de temps, mais je crois comprendre.
Elle range les fioles après avoir vérifié leurs bouchons, saisit à nouveau le cristal. Elle ne se lasse pas de le toucher, le caresser du bout des doigts, fascinée par sa perfection et sa limpidité. Elle se tourne vers Thomas :

- Il me semble retrouver un ami ! Je ne peux te dire tout le bonheur que cela me donne. Je ne sais qui est cet homme que tu as rencontré, mais je le remercie de toute ma joie.

Les deux hommes sourient de cet enthousiasme. Marie les a habitués à plus de retenue. Un aboi rauque résonne dans la cour. Le prieur lève la tête :

- Quelqu'un vient. Notre vieux Pilou n'aboie jamais sans raison.

Un bruit de voix, dehors, confirme ses propos. Un instant plus tard, la porte s'ouvre lourdement. Damien entre, salue Marie d'un signe, murmure quelques mots à l'adresse du prieur. Celui-ci remonte son capuchon, les invite à demeurer en resserrant les pans de sa gonelle.

- Poursuivez, je vous en prie. Je vous rejoindrai dans un moment.

Le silence est retombé. Thomas s'est approché du fenestron, il laisse son regard errer sur la cour ensoleillée. L'herbe est blanche de givre là où s'étire l'ombre des bâtiments. Les pieux de la clôture, eux aussi, sont marqués de gelée. Il se retourne enfin. Marie l'observe avec un léger sourire.

- Comment as-tu rencontré cet homme ?

- Je ne saurais vraiment te dire. Je me suis arrêté dans un village pour demander mon chemin. Je m'étais égaré, je ne comprends pas encore comment. Une femme m'a indiqué ma route, et m'a fait remarquer que je ne pourrais pas atteindre l'abbaye avant la nuit. Elle m'a montré un sentier qui se perdait dans les genêts, m'a dit qu'il y avait plus loin un endroit où je pourrais m'abriter. J'ai hésité. Très peu, d'ailleurs. Cette sente m'attirait depuis mon arrivée. Je suis monté, longtemps, et au moment où je désespérais de trouver un refuge, j'ai découvert une bergerie, et un homme assis devant la porte qui m'a dit que j'avais été long. Tu peux deviner quelle fut ma stupéfaction !

Je suis resté là plus d'une semaine. Rien ne me pressait, et m'accueillir lui semblait naturel et même souhaitable. J'ai tant appris... Nous ne mangions pas, nous ne dormions pas, et bien que mon corps soit rompu à une discipline rigoureuse, je m'étonne encore de ce que cela m'ait semblé sans importance. Je me suis perdu dans la contemplation des montagnes, pendant qu'il tressait des paniers en silence. Il m'a offert des chemins d'étoiles... le ciel s'est ouvert à ma conscience. Je n'oublierai jamais ces nuits immenses qui dansaient devant mes yeux, et sa voix lente, très lente, qui suivait leurs mouvements et me les soulignait, ces silences où mon corps se faisait absence et mon esprit planant. Cela ne peut se dire. Les mots sont impuissants et pourtant, les siens atteignaient au plus profond de moi. Il m'a parlé de toi... Le dernier jour, il m'a dit qu'il était temps pour moi de partir, et d'autres choses encore. Il m'a donné les huiles et la pierre, nous avons partagé le pain et l'eau pour la première fois... c'était geste de communion...

Vois-tu, amie, il m'a semblé parfois deviner dans son regard comme un reflet du tien, quelque chose qui vous fait frère et sœur...

Elle se tait. Thomas reprend au bout d'un moment :

 - J'ai repris ma route, mais je mentirais en me disant inchangé.

Elle sourit :

 - J'en suis heureuse pour toi et pour ceux qui te croisent.

Elle baisse les yeux sur la pierre.

 - Regarde-le. Écoute-le. Il a tant à dire. Il a tant à faire. Il frémit de son savoir et me brûle la paume. Sous cette forme immobile, apparemment immobile, il nous offre sa connaissance. Il nous revient de l'accepter et de savoir reconnaître au travers de sa pureté l'expression rayonnante de l'Amour.

Elle approche de la fenêtre, laisse la lumière traverser la pierre et allumer des arcs-en-ciel sur le mur chaulé.

-Vois, la lumière qui passe en lui ressort dans toutes ses couleurs. Quelle merveille ! Comme si la source d'amour se rendait visible à nos yeux au travers de la matière...
Thomas la dévisage, sourit :
- Lui aussi le disait.
- C'est d'une telle évidence...
- Il disait... Il parlait de la création... Il disait que la pensée de Dieu portée par le souffle traversait en son origine des êtres purs, transparents à Sa lumière comme ce cristal. Le souffle portait la Lumière parfaite de Dieu, et l'offrait dans toutes ses couleurs par ces êtres qui les peignaient sur la terre. Alors, la création était l'Image de Dieu, et toute chose était nourrie du Souffle. L'Homme se savait né de la Source, et à Sa ressemblance...
Il disait aussi qu'un jour, ces êtres se sont séparés... se sont crus séparés, se sont obscurcis, et ont dévié la lumière. L'ont appauvrie. Comme des cristaux laiteux ne font pas naître d'arcs en ciel. Les roses ont eu des épines et les abeilles des dards. Ce fut la chute, les maladies et la mort... et ce fut l'homme qui se figure Dieu à son image, sa pauvre image obscure et limitée...

Il relève la tête, sourit à la jeune femme.
- Il appartient à l'homme de retrouver sa Vie. Et à la terre de chanter à nouveau...

Des éclats de voix, dehors, les font retourner. Ils se rapprochent du feu, Marie glisse la pierre dans son étui, referme le coffret, le range dans sa besace. Des pas sonnent sur la terre gelée derrière la porte. Quelqu'un tousse. On ouvre. Damien est entré le premier, immédiatement suivi d'un garçon maigre qui peut avoir quinze ans. Ils sont tous deux frappés par son regard très bleu qui tranche sur la pâleur du visage à demi dissimulé par la cagoule. Il a cet air de fierté sauvage qui est le propre des gens habitués à l'incompréhension de leur entourage. Le prieur les suit sans hâte. Le garçon rejette son capuchon, reste immobile sous le regard des autres, avec un peu de malaise. Enguerrand pose une main tranquille sur son épaule :

- Voici Étienne. Il désire s'instruire et servir Notre Seigneur. Son père l'a accompagné jusqu'ici. L'abbé de Belchamp a jugé bon de nous l'envoyer...

Il a un sourire amusé en regardant Thomas :

- Il pensait probablement que notre règle saurait mieux se prêter à un caractère ombrageux.

Étienne a brutalement levé les yeux. Thomas rit franchement, avance, les mains tendues dans un geste d'amitié.

- Tu as bien fait de venir. Mon père, un novice peut-il m'accompagner ? J'ai besoin de quelqu'un qui accepte mes silences, que les chemins n'effraient pas, et qui s'accommode de ne pas respecter toujours les heures canoniales.

Il plonge dans les yeux du garçon, attend un instant, sourit à ce qu'il y lit d'ardeur et d'angoisse.

- Il te faudra apprendre sans relâche, et te plier à la règle divine si ce n'est à celle d'un monastère.

Il s'adoucit :

- C'est un engagement exigeant, plus exigeant encore que tu ne le soupçonnes... Tu as quelques jours pour te décider.

Le garçon se tourne vers le prieur, sans un mot, mais avec une telle interrogation dessinée sur ses traits qu'Enguerrand retient son sourire :

- Étienne, ton frère Thomas ne pouvait t'offrir plus belle occasion de servir Dieu. Si tu acceptes de le suivre, tu apprendras beaucoup, mais l'école risque d'être rude...

Réfléchis. Je te donne trois jours. Tu me donneras ta réponse dimanche. Pendant ces trois jours, tu te tiendras en silence, tu visiteras ton cœur. Deux de tes frères te porteront dans la prière sans cesse. Ces jours sont à toi et à Dieu.

Il ajoute après un instant de réflexion :

- Quelle que soit ta réponse, ne crains aucun jugement. Ton choix t'appartient et tu peux refuser de demeurer parmi nous. Tu es libre, Étienne. Je t'entendrai dimanche. Damien te montrera ta cellule et veillera à te mettre au courant.

Il a un sourire affectueux :

- Va, mon fils. Et sois en paix.

Thomas a surpris le coup d'œil furtif que le garçon a lancé à Marie. Il arrête le prieur d'un geste :

- Étienne, nous ne t'avons pas présenté notre sœur.

Il sourit, se tourne vers elle qui est restée de l'autre côté du feu, plongée, semble-t-il, dans un discret recueillement.

- Voici Marie, qui est toujours bienvenue dans ce monastère et qui est notre sœur en Christ et en amitié.

Le garçon incline la tête en silence. Thomas s'amuse de la retenue qu'il a mise dans le geste et de la neutralité volontaire de son regard. Il remarque :

- Ne sois pas si sérieux, je t'en prie. Le silence n'exclut pas un sourire... ne confondons pas la sagesse avec ses apparences, car le contrôle de soi, s'il est nécessaire, n'a jamais été garant de profondeur !

Il a appuyé ses propos d'un rire chaleureux. Le garçon se décontracte visiblement, il se tourne vers le prieur avec plus de naturel, l'interroge à nouveau du regard, cette fois sans tension. Enguerrand confirme d'un signe de tête, en se préparant à sortir. Damien attend à la porte. Étienne remonte son capuchon, croise une dernière fois le regard souriant de Thomas et sort derrière Damien.

- Amie, il semble que je ne voyagerai pas seul !

- C'est certain. Quelle âme fière... et quelle avidité, quelle soif d'apprendre ! Te voilà pourvu d'un compagnon exigeant !

Thomas acquiesce, remarque :

- Il peut décider de rester ici.

Marie ne peut retenir un rire :

- Ne l'espère pas, son choix est arrêté.

- J'essaierai de ne pas décevoir son attente... ou plutôt de ne le décevoir qu'au moment où il lui faudra prendre son envol librement. Débarrassé de moi !

Il rit :

- Je n'ai pas désir d'enseigner. Vois-tu, amie, j'aime trop mes frères pour croire que mon chemin est meilleur que le leur.

Elle a pris sa cape, s'en enveloppe.

- Peut-être est-ce la seule chose à retenir. Savoir montrer à chacun le chemin de son cœur... Il me faut rentrer, à présent. Il se fait tard. Je veux te remercier encore, tu m'as fait un présent dont nous ne comprenons ni l'un ni l'autre la pleine valeur. Je reviendrai dès que je le pourrai.

Elle s'approche de lui, lui pose sur la joue un baiser, s'éloigne sans plus attendre. Elle se retourne brièvement au moment d'ouvrir la porte, lui offre son sourire et un petit geste de la main dont il ne sait s'il est de regret ou d'amitié. Et tire le lourd vantail qui pivote en grinçant.

Elle est partie. Il revêt lentement son manteau, reste un instant songeur, et sort. Il se dirige sans se presser vers la chapelle. Le soleil hésite à la frange des arbres, au haut du mont. Le froid se fait coupant.

En ces jours-là, la terre a frissonné de façon presque imperceptible au petit jour. Comme une ride se déplace à la surface de l'eau. Au village, ils n'ont rien remarqué. Seule Aliette a perçu un malaise, un faible mouvement du lait dans son bol qui l'a étonnée.

Je passais alors une grande partie de mes nuits à méditer et travailler sur les huiles que Thomas avait ramenées. Je découvrais là un monde aux possibilités multiples, capable de nourrir la guérison tant physique qu'invisible. Je dormais peu, oubliais souvent de me nourrir sans m'en porter plus mal. La pierre qui ne
s plus infimes sensations. Je découvris alors que nous étions nourris de l'invisible et que, si la matière est nécessaire à la construction du corps, elle n'est pas indispensable, sous certaines conditions. Il me semble à présent que nous pouvons accueillir et utiliser les parties invisibles des aliments, et en capter ainsi l'essence et la vitalité.
Je descendais presque chaque jour au prieuré, hormis les jours où je me rendais dans les villages trop éloignés. Le frère Lambert était redescendu également. Célie allait vraiment mieux, la vie, partout, reprenait son cours.
Thomas, Lambert et moi nous penchions ensemble sur de nouvelles approches des plantes, nous tentions de comprendre, de dégager des façons différentes de les employer, nous fiant aux indications de nos mains et aux

fulgurantes intuitions de Thomas qui nous surprenaient toujours tant elles étaient imprévisibles. Nous quêtions au bout de nous-mêmes, si loin parfois qu'il nous semblait frôler des frontières interdites. Thomas alors éclatait de rire, nous traitait de fous, et nous préparait de grandes bolées de tisane fumantes.

Ils me laissaient seule pendant les offices, ce qui nous permettait à tous de reprendre pied dans le quotidien. J'en profitais pour me reposer un instant, vide, tout l'être en silence, ou pour marcher dehors quand le temps le permettait, me rassasiant de la puissante douceur de la nature...

Je ne sais quelle hâte nous avait saisis, car j'ai vécu ces temps de Noël comme les plus fous de ma vie.

Je pus ainsi constater, à l'invite de Thomas dont les perceptions étaient moins fines, que chaque son, chaque couleur, chaque parfum laisse sa marque sur les corps qu'il rencontre, en modifie l'équilibre, travaillant sans cesse dans le secret, ce qui fait de nous des lieux d'échanges constants, intimement liés à tout ce qui nous entoure. Je vérifiais de cette façon tout ce que j'avais supposé ou appris au travers de mes dialogues avec la vie. La vastitude de ces découvertes nous coupait le souffle. Thomas et Lambert se regardaient alors avec stupeur, puisaient à la bibliothèque du prieuré, assemblaient devant moi les éléments de leur foi et de leur expérience, les uns éclairant les autres sans incohérence. Certains points plus obscurs réclamaient l'aide du père Enguerrand, et je les quittais alors plongés dans leur réflexion, cherchant à concilier d'improbables contraires.

Notre jeune frère Étienne étudiait avec concentration sous la direction du père, prêt à tout pour s'instruire et suivre Thomas qu'il admirait fort. Il venait parfois nous rejoindre dans l'herboristerie, se tenait en silence derrière nous, écoutant de toutes ses oreilles. Nous nous efforcions donc de prévenir les questions inévitables, d'éclaircir sans en avoir l'air les points obscurs afin de ne point le troubler et de garder toute chose à sa place naturelle. Il s'imprégnait ainsi sans efforts d'une dimension de la vie qui débordait largement les limites couramment admises. Il se faisait dépositaire d'un savoir qui nous dépassait et qu'il approfondirait toute sa vie, quêtant à travers le monde pour confronter sa science à celle de son temps. Thomas le pressentait aussi, qui disait en souriant :

"Il sera plus serviteur de la connaissance que de Dieu. Puisse-t-il rencontrer en religion des esprits ouverts, et que le Seigneur le protège de la Sainte Inquisition !"

Ce qui fit sursauter Lambert, qui n'avait pas perçu le danger qu'il pouvait y avoir à déranger l'Église. Thomas en avait ri :

"Tu es une âme pure, mon frère, mais là où t'est évidente l'expression de l'amour du Créateur pour son œuvre, d'autres voudront voir la présence du malin, assurés qu'ils sont que tout ce qui touche à la nature est soupçonnable... Et l'état religieux ne change rien à l'affaire ! D'autant que révéler que chaque chose et chaque être sont intimement liés sent un peu trop le paganisme dont nous pourchassons si fort les survivances et que nous avons en d'autres temps maquillé de fêtes et d'offices afin d'asseoir la foi dans les esprits simples de nos villageois plus prompts à égorger un coq sous une pierre de seuil qu'à appeler un prêtre pour bénir leur foyer !"

Il rit encore :

"Ne te trouble pas, on ne peut confondre la présence de l'Amour avec une autre. Interroge ton cœur, fie-toi à lui, cherche les réponses dans la prière, suis le chemin que notre Seigneur te montre dans le silence. Utilise tes connaissances dans ce monastère, avec ta foi et l'amour qui nous porte tous. Ce que tu vis est entre toi et Dieu, les moyens qu'Il t'offre pour soigner ne regardent que Lui... mais j'ai peur que notre frère Étienne ne soit pas capable de contenir son ardeur."

Lambert a eu un sourire. Il était riche d'une certitude tranquille qui montait en lui chaque fois qu'il hésitait et qui nous était précieuse. Il prévenait parfois nos errements en murmurant :"Nous nous égarons... Je doute..."et affermissait nos pas dans les difficultés en affirmant que la voie était bonne. Ce don de discerner le vrai du faux lui était venu depuis que nous avions soigné Célie ensemble, et semblait se faire de plus en plus précis.

La richesse de ces temps ne peut se dire... Nous découvrions notre fraternité, notre complémentarité, et si c'était pour eux, habitués à la vie communautaire, plus naturel, cela fut pour moi une révélation. Je n'avais pu, depuis la mort de Nicolas, partager réellement mon savoir. Encore moins l'approfondir au travers des autres. Ces jours furent uniques, je crois, pour nous tous, parfaitement inscrits dans nos vies à la place qui était la leur.
La terre avait pourtant frémi...

Après la Noël, Thomas est parti.

Marie continue à travailler avec Lambert. Elle semble saisie d'urgence. Elle lui délivre tout ce qu'elle n'a jamais dit, les secrets de la Serpente, ceux des sources d'ombres, ceux des

points de lumières qui tourbillonnent comme les grands lieux d'échanges des corps de l'homme. Elle lui offre la vitalité vibrante des bois que l'on dit morts, le regard de l'eau, le langage du vent et le soleil que les bûches enflammées font renaître. Elle lui donne tout ce qu'elle a compris, appris, au fil de ses méditations et de son expérience, tout ce qu'elle a jusqu'alors retenu de crainte de le troubler.
Un soir, alors qu'il est prêt à se rendre à la chapelle, elle l'arrête d'un geste, hésite... Il attend en silence, avec dans le regard un peu de surprise.

- Mon frère, garde les huiles. C'est à toi qu'elles sont destinées, c'est toi qui détiens à présent le savoir de la terre. Cherche à l'approfondir sans cesse, je t'en prie... et transmets-le, quand tu sauras le temps venu, à celui qui pourra le recevoir...

Lambert la dévisage avec inquiétude :
- Que veux-tu dire, ma sœur. Je ne peux porter cela et ne le veux pas non plus. J'aurais le sentiment de te déposséder, cette science-là t'appartient !
- Non, Lambert, elle n'appartient à personne et surtout pas à moi. Nous devons la garder, la protéger, dans le silence si cela paraît nécessaire. Pour qu'un jour l'homme puisse s'en servir. Chaque mot, chaque geste reste gravé dans la mémoire des temps. Et chacun peut y puiser, que ce soit en conscience ou non.

Il a baissé la tête. La cloche appelle aux vêpres. Ils restent immobiles.
- Pourquoi moi, Marie ?
- Parce que tu le peux. Parce que tu es moine et que cela te protège. Parce que Dieu t'a comblé de dons dans le silence. Parce que tes intentions sont pures, et qu'Il le sait.

Je dois te dire encore... Fais tien uniquement ce que tu vis. Ne crois rien de ce que je t'ai dit sans le vivre. Garde ce que tu ne perçois pas, comme un possible à étudier, qui peut être juste ou faux.

Le jeune homme se tait. Quand il lève enfin les yeux, il semble presque désemparé.

- Marie. ? Thomas sait-il que tu veux cela ?

Elle soupire :

- Thomas ferait la même chose que moi.

Elle avale sa salive, reprend :

- Pardonne-moi de te dire cela, mais... s'il m'arrive quelque chose, tu lui donneras le cristal...

Lambert a un haut-le-corps :

- Que crains-tu ! Marie, que sais-tu !

- Rien. Je ne sais rien. Je ne crains rien. C'est une simple impression, et je ne suis pas la seule à l'avoir. C'est tout.

Une voix dans leur dos les fait sursauter :

- Nous t'attendons, mon fils.

Le père Enguerrand est entré sans bruit. Il les observe avec amitié :

- Veux-tu te joindre à nous, Marie ? Je t'y convie.

La jeune femme acquiesce avec un sourire. Lambert s'est détourné, plongé dans ses mains, revient à eux, paisible, et dit :

- Mon père, pourrez-vous m'entendre tout à l'heure ?

Il a un sourire tranquille :

- Je viens de recevoir en mon cœur un dépôt sacré... inattendu ! Et le Seigneur m'engage à le conserver. Mais j'ai besoin de votre sagesse et de votre clairvoyance. Que Dieu me pardonne, mais je ne peux l'accepter qu'après un temps de réflexion et de prière.

Enguerrand l'observe avec douceur. Prononce :

- Rejoins-moi à la salle du chapitre, après complies. Tu te confieras et nous passerons la nuit en prière.

Il se détourne sans plus attendre et les précède à la chapelle.

Marie est rentrée chez elle après les vêpres. La nuit est tombée depuis longtemps, mais la lune est pleine et plonge en bleu dans le sous-bois. Seuls les sapins étirent des ombres épaisses sur la sente, qui ne la troublent pas. Elle marche d'un bon pas. La nuit lui est familière. Le frôlement des arbres, le vol muet d'une effraie, lui chuchotent l'appel secret de la terre. Elle les salue en esprit, sourit à la lune qui invente sur les branches des reflets mouillés et noue aux rochers des écharpes de brumes, unifiant dans sa lumière trompeuse les reliefs qui prennent l'éclat d'un miroir d'étain.

Marie effleure de la paume les vibrances des plantes et des pierres, les trouvent curieusement accordées, sourit au mirage qui allume les fougères, dessinant d'évanescentes et pâles flammes. L'inquiétude qui la tenaillait a disparu. Elle est en paix.

La clairière se déplie sous ses yeux. La louve attend à la lisière, se lève à sa vue et la rejoint, prudemment. Elle croise le regard de l'animal, échange un souffle d'amitié, traverse l'éclaircie sans hâte. Referme la porte sur elle. La louve s'allonge sous le rocher, le museau sur les pattes, attentive à la mouvance des ombres...

Quelques jours plus tard, vers la mi-février, elle a rencontré Aliette sur le chemin de Blamont. Son amie marchait vite, le visage baissé, perdue, semblait-il, dans ses pensées. Marie dut l'appeler pour l'arrêter.

- Où cours-tu ainsi, ma Liette ?
Celle-ci relève brusquement les yeux, a un sourire gai :

- Jeantet prépare la coupe, plus bas. Je lui apporte son repas. Par ce temps, il préfère ne pas rentrer !
La journée est splendide, à vrai dire. Il fait très froid encore, mais le soleil est là, presque blanc à force d'éclat. La terre sonne joyeusement sous leurs pas et les mots se cassent comme du verre au sortir de leurs lèvres.

- Pourrais-tu venir demain ? Le petit de ma sœur tousse depuis hier et les remèdes habituels n'y changent rien.

- Bien sûr. Aujourd'hui, on m'attend à Blamont mais je serai chez toi demain matin.

- Comment va Célie ?

- Bien. Son corps est guéri. Son âme... Il faudra du temps encore, mais elle rencontre les hommes du village sans crainte et a repris sa place dans la communauté. Elle se rend très souvent à l'église, au dire de sa mère, et cela ne m'étonne qu'à moitié. Cette enfant a toujours été pieuse et son malheur la pousse à trouver refuge en Dieu.

- Jeanne t'a-t-elle dit qu'ils envisageaient de reconstruire l'église ? L'ancienne est vétuste, le bardeau est pourri. Depuis que Thomas est passé, il y a un élan de ferveur qui fait souhaiter un bâtiment bien assis et plus vaste. Il est vrai que notre Seigneur est mal logé, pour le moment.

- Jeanne m'en a touché quelques mots. Elle m'a dit que Jeantet se révélait précieux, pour traiter des affaires du village ?

- Bien malgré lui ! Il n'est pas bavard et se retrouve pourtant de toutes les discussions. L'incendie des granges a fort diminué les réserves de Blamont. Sire Guillaume a demandé à tous un effort pour permettre de passer l'hiver. Nous avons donc estimé nos récoltes, et compté combien de charrois leur seront nécessaires pour assurer leur survie sans mettre la nôtre en péril. Nous avons dû abattre des bêtes. Cet hiver s'annonce mal. Beaucoup rechignent à partager même s'ils comprennent que c'est une nécessité, et qu'il en serait fait de même pour eux.

- Jeantet est peut-être le seul qui puisse faire entendre raison à certains.

- C'est pour cela qu'il a été sollicité. Et pour l'instant, il semble être écouté.

- C'est bien. Et toi, comment vas-tu ?

- Bien. Un peu lasse, peut-être...

Elles ont repris leur marche tout en devisant. Le chemin plie vers Danache, dévoilant brusquement l'éperon de Blamont. Elles traversent en silence les derniers labours, arrivent aux nouveaux prés qui ont été gagnés sur les arbres depuis quelques années seulement. Les parcelles déboisées se révèlent fécondes, bien exposées, et ont offert au village de nouveaux pâturages d'été qui, s'ils sont éloignés des maisons, ont permis l'extension des troupeaux. Les prés ondulent à la droite du chemin neuf, remontent vers le haut de la butte, posés sur le ciel. Aliette sourit :

- Jeantet va couper près de la source, dans le creux. Il veut en aménager l'abord et la protéger de palisses afin que les bêtes puissent y venir boire sans risque.

Marie réfléchit un instant, lui lance un coup d'œil rapide.

- Ma douce, je crois que ton homme est appelé bien malgré lui à conseiller et guider les gens d'ici.

- Il s'en rend compte, je crois, mais ne s'en réjouit pas. Il dit que le village prend de l'indépendance vis-à-vis du château et que nous devrions fortifier la maison haute. Nous sommes trop éloignés de Blamont... Il pense que le village devrait fournir la main-d'oeuvre. Nous avons la pierre ici, et savons l'extraire. Le jeune frère de Guillaume appuie cette idée. Il espère se voir accorder un alleu, ici. Je n'ai pas tout saisi, mais il semble que sire Thiébaud n'y soit pas hostile.

- D'ici quelques années, nous ne reconnaîtrons pas ce village !

Aliette s'arrête :

- C'est vrai. Pense qu'il y a sept ans, tu me disais que Thiébaud projetait de libérer les bans. Voici plus de cinq ans que c'est fait et tout le monde trouve cela naturel, à présent. Mais le fief de Blamont ne reçoit plus que les revenus de ses terres et nos redevances qui sont minimes. Nous ne sommes plus corvéables et certains ne comprennent pas que sire Guillaume ne peut avoir envers nous les mêmes engagements s'il ne lève des taxes plus importantes. Nous ne pouvons attendre qu'il nous ait en charge sans retour, mais il reste à imaginer comment faire.

- Les choses se mettront en place en leur temps. Grâce au ciel, ces dernières années ont été très bonnes. Les problèmes n'apparaîtront que dans les difficultés.

- J'ai peur que le moment ne soit venu. Il en est qui acceptent mal le partage spontané... et certains se disputent à propos des clôtures. Ce ne sont pas les plus courageux au travail, d'ailleurs. Ils n'aiment pas voir clos des prés où ils ne peuvent plus faire paître leurs bêtes en toute saison, sans tenir compte de l'état de la terre. Enfin... Jeantet tente de les amener à comprendre qu'il est dans l'intérêt de tous de s'entendre afin d'éviter que Guillaume ne soit contraint de poser des défends qui ne pourraient que nuire... Me voici arrivée, je descends par là. M'accompagneras-tu ?

Marie secoue la tête.
- Non. On m'attend à Blamont.
Elle regarde son amie s'éloigner en glissant dans la pente sur les feuilles gelées, lui fait un dernier signe de la main et reprend sa marche.

En arrivant au village, elle s'étonne de le trouver désert. La porte basse est bien gardée, mais le sentier qui serpente entre les nouvelles granges est vide, contrairement à la coutume qui veut que l'on y rencontre toujours quelques galopins réunis à l'abri des regards de leurs mères. L'endroit offre en effet un nombre infini de cachettes, de recoins et de passages propices aux jeux et aux complots.
Elle en comprend la raison en arrivant sur la place. Une grande partie des villageois est assemblée là, près des puits, et écoute le discours passionné d'un homme qu'elle ne voit pas. Jeanne est sur le pas de sa porte, à observer avec un peu de méfiance. Le mouvement de Marie, au fond de la place, attire son attention. Elle lui sourit, lui fait signe d'approcher. La jeune femme s'avance en contournant la foule, tourne la tête vers l'orateur qui est debout sur les marches du grand puits, et se fige, tant sa surprise est grande. Elle a croisé un regard d'ombre qu'elle n'a pas oublié. L'homme l'a reconnue, lui aussi. Elle en est sûre. Il a peu changé. Sa robe est en meilleur état, il paraît en bonne santé, mais semble brûler plus encore qu'auparavant. Il parle avec fièvre, balayant ses auditeurs d'un regard ardent et obscur qu'il arrête parfois sur l'un d'eux, le vrillant jusqu'à l'âme.
"... Vous servez Satan en acceptant parmi vous ses serviteurs ! Repentez-vous, malheureux, repentez-vous avant que le glaive de la justice divine ne s'abatte sur vous et votre descendance !"

Marie retient un haussement d'épaules. Elle baisse la tête, rejoint Jeanne qui tente de dissimuler son indignation, et qui grommelle :

- C'est lui le malheureux, c'est sûr ! Marie, comment tous ceux-là qui ont entendu le frère Thomas et le frère Lambert, il y a juste deux mois, peuvent-ils supporter de tels discours ? Ils veulent reconstruire l'église, mais ils feraient bien d'abord de savoir choisir ceux qu'ils écoutent ! Je ne comprends pas qu'on laisse prêcher de tels gens !

Elle a une telle expression de dégoût que Marie ne peut contenir un rire à l'instant précis où le prêcheur reprenait souffle. Il a un instant de stupeur, reprend avec violence :

- Oyez les démons qui se moquent ! Pêcheurs ! Vous ne voyez pas vos égarements ! Entendez..."

Une voix rauque lui coupe la parole :

- C'est vous qui entendez des voix ! C'était Arie ! Faudrait pas voir le mal partout !

Une vague de rire parcourt l'assistance. Antoine l'interpelle à son tour :

- Marie nous soigne. Elle a sauvé Célie avec notre frère Thomas. Faudrait pas tout mêler. Ils sont de Dieu, pas du diable !

Le moine ne répond pas. Il fixe l'assemblée d'un air sombre. Avise un remue-ménage près d'une grange qui le fait réfléchir. Reprend :

- Malheureux qui vous laissez égarer par les maléfices... Je prierai pour le salut de vos âmes...

Jeanne ne peut s'empêcher d'avancer en articulant nettement :

- C'est ça. Allez prier, la chapelle est ouverte, au château. Et elle est remplie de nos prières. La paix de Notre Seigneur puisse-t-elle vous envahir...

Elle ajoute plus doucement :

- Nous prierons pour vous, nous aussi. Vous en avez besoin...

Marie l'a rattrapée, pose une main légère sur son bras, chuchote :

- Je t'en prie, Jeanne. Tais-toi. Cet homme est déjà blessé plus qu'il ne le peut supporter.

Elle s'approche de lui qui regarde les autres se disperser en silence, s'arrête à quelques pas et murmure avec douceur :

- Pardonne-leur, mon frère. Ils ne savent pas ce qui te pousse... et pardonne-moi si je t'ai un jour blessé. Je ne le voulais pas.

Il se tourne vers elle, la dévisage et dit froidement :

- De quel droit me parles-tu de pardon, femme. Les femmes sont cause de chute, elles sont pécheresses par nature. Éloigne-toi de moi. Tu es impure.

Marie a un sourire de compassion, incline la tête et se détourne lentement.

Jeanne l'attend au côté d'Antoine. Elle se contient à grand-peine. Explose dès qu'elle a passé la porte.

- Pour qui se prend-il, celui-là ! Et toi, tu n'as rien dit ?

Marie a un sourire lassé :

- Il n'y a rien à dire. Il souffre tant que ses propos en deviennent affolés. Il va repartir, mais je crains qu'il n'oublie pas l'affront qui lui a été fait.

- C'est plutôt lui qui t'a fait affront !

- Non, Jeanne. Il y a entre lui et moi je ne sais quelle souffrance qui demande à être guérie. Mais tu as raison. Il faut prier pour lui...

Antoine calme d'un geste l'effervescence de sa femme.

- Marie sait ce qu'elle dit, ma mie. Nous n'y pouvons rien, mis à part remettre les choses à leur place dans les esprits. Tropaire et le Petit Jean ont calmé notre pauvre Guillemin qui n'aurait pas manqué d'alimenter la discorde. Il est des choses qu'il ne fait pas bon réveiller.

Marie le remercie d'un regard, pose sa besace sur un tabouret, et dit gaiement :

- Que cela ne m'empêche pas d'accomplir ma tâche ! Où se trouve ce petiot qui est malade ?

Jeanne pousse la porte de la chambre :

- Il est là. Matthieu ? Mais non, il n'est pas là ! Ah, la petite fouine ! Il aura profité du désordre pour sortir !

Antoine éclate de rire, sort en annonçant qu'il va le chercher. Jeanne hausse les épaules avec fatalisme, pose sur le coffre du pain et des écuelles.

- Tu vas manger avec nous. Tu soigneras cette petite fripouille après. Nous l'attraperons plus facilement le ventre plein !

Marie aide à dresser la table, aligne sur les planches les écuelles et les gobelets, sort les cuillères. Tire les bancs et les escabeaux.

- Ne souffrez-vous pas trop de cet hiver ?

- Tu sais que nous avons abattu quelques bêtes à la Noël. Nous ne pouvions pas les nourrir toutes, il a fallu partager les fourrages, il y a eu trop de granges brûlées. Nous avons donc conservé ce que nous pouvions et nous avons fort bien mangé pendant quelque temps. Le château en a profité aussi, il ne fallait pas perdre de viande. Sire Guillaume nous a offert la chasse. Nous avons le droit de petit gibier et ce qu'il ramène des grandes chasses est partagé entre tous. Nous passerons l'hiver sans trop de problèmes. Si Dieu veut... Le carême, cette année, sera bien venu et facile à respecter ! Les gens de Villars ont accepté de faire quelque chose aussi. Je sais que Jeantet se rend souvent au château et que la chasse du Lomont leur est cédée. Nous avons un bon seigneur. Il est chevalier mais ne néglige pas la terre. Puisse le ciel nous le garder longtemps et lui donner les moyens de faire régner la justice et l'entraide.

Elle est interrompue par le retour d'Antoine tenant par la main un garçonnet barbouillé de terre qui lance à sa mère un regard de défi. Jeanne ne peut retenir un rire, l'attrape, le soulève pour le presser sur ses seins en grondant :

- Mauvaise graine ! Où étais-tu passé. Regarde, Marie, quelle fripouille c'est là ! Aucune honte ! De la graine de potence avec des yeux à damner une sainte !

Le gamin se tortille pour échapper aux embrassements de sa mère, ce qui fait rire Marie :

- Tu vas l'étouffer, ton petit. Laisse-le donc vivre. Matthieu, je ne te croquerai pas ce matin, tu peux respirer et venir manger sans crainte.

Le gamin la dévisage avec hésitation, et un brin d'effronterie qui attendrit Jeanne :

- Je te le dis, Marie. A damner une sainte ! Quelle belette...

La porte s'ouvre bruyamment sous la poussée joyeuse d'un adolescent vigoureux qui précède neuf autres enfants de tous âges. Marie les salue avec amitié.

Elle caresse brièvement la joue de la petite Anne, offre un sourire complice au plus grand dont elle connaît les secrètes amours. Elle le prend à part :

- Bernard, Lambert m'a dit qu'il monterait chaque lundi, et que si tu le désirais toujours, il t'apprendrait à lire et à écrire. Sire Guillaume t'offre de venir au château pour cela. Mais ne crois-tu pas qu'il serait temps de mettre tes parents au courant ?

Il jette un coup d'œil à son père qui a pris le petit Paul sur ses genoux pendant que Jeanne remplit les écuelles.

- Il a besoin de moi. Damien n'a que douze ans et les filles ne peuvent pas travailler aux champs comme moi.

- Tu peux t'instruire et travailler.

Le visage du garçon s'éclaire. Il murmure :

- En sachant écrire, je pourrai garder mes chansons...

- Oui, et d'autres pourront les chanter...

Elle lui sourit :

- Veux-tu que je leur en parle ?

Il réfléchit :

- Ne vaut-il pas mieux que je le fasse moi-même ?
- Si.
- Alors, je le leur dirai après le repas.

Il ajoute avec un peu d'angoisse :

- Peux-tu rester ?
- Bien sûr... Allons manger, ta mère se demande ce que nous pouvons bien raconter.

Les enfants se sont précipités dehors sitôt la dernière bouchée avalée. Bernard s'est levé, lui aussi, avec un embarras si visible que Jeanne qui rangeait le pot d'eau, s'immobilise. Il lance à Marie un regard angoissé, hésite, baisse la tête... Marie se met à rire, arrête d'un signe Antoine qui se préparait à sortir :

- Il semble que Bernard ait quelque chose à vous dire.

Antoine sourit :

- Saurons-nous enfin ce qui lui donne cet air rêveur et le fait disparaître de longues heures ?

Le jeune garçon s'empourpre.

- Ça n'est pas ce que vous pensez !

Il hésite :

- Je veux étudier...

Il a prononcé les derniers mots avec ferveur. Il poursuit plus assurément.

- Je veux apprendre à lire et à écrire. Je veux pouvoir noter mes chansons et mes contes. Mère, tu es diseuse... Tu dois comprendre !

Jeanne a un léger sourire. Antoine reste songeur :

- Comment comptes-tu faire ? Je suppose que tu as réfléchi ?

Bernard se tourne vers Marie comme on appelle à l'aide. Elle prend pitié, explique :

- Voilà quelque temps que je sais qu'il veut être trouvère. Lambert a accepté de lui enseigner l'écriture et Guillaume peut l'aider également. Il ne voulait pas en parler car il craint de vous blesser ou de vous donner un surcroît de travail.

- Père, ne pense pas que je ne veuille plus faire ma part, sur les terres ! Je ne partirai pas tant que tu auras besoin de moi.

Antoine part d'un grand rire :

- Quelle ardeur ! C'est ta vie que tu construis. J'ai écouté les vers que tu chantes pour le mai, et je connais les airs qui te viennent sans que tu t'en rendes compte, quand tu gardes les bêtes. C'est beau, c'est très beau. J'avais dit à ta mère qu'elle t'avait légué ce don et qu'il était dommage que tu le gaspilles dans les villages. Si notre seigneur veut t'aider, profites-en. Nous verrons comment le lui rendre.

Marie l'interrompt :

- Guillaume ne demande rien que le plaisir de l'entendre. Et celui de partager avec quelqu'un son goût pour la musique.

Elle rit de l'air surpris du garçon.

- Tu ne sais pas tout de lui... Jeanne, tu n'as rien dit encore, tu m'étonnes...

- C'est que je n'en reviens pas. Je croyais connaître mon fils, et le voilà jongleur !

- Ni jongleur ni ménétrier, mère, mais trouvère. Je ne veux pas amuser, ni chanter les textes des autres. Je veux écrire mes propres chants, ceux que je porte depuis si longtemps... Je veux chanter la terre, l'amour, les yeux et les hanches des femmes...

Il s'arrête net. Rougit alors que tous éclatent de rire devant son embarras. Antoine n'en peut plus. Il s'étrangle à demi, réussit à articuler :

- Tu m'inquiétais ! Ne dis pas cela au frère Lambert !

Marie est sortie le sourire aux lèvres. La joie de Bernard lui a réchauffé le cœur. En voilà un qui sait ce qu'il veut, et qui, par la grâce de Dieu, pourra y parvenir.

Deux cavaliers traversent la place. Les chevaux marchent d'un pas vif, bien accordé. Marie sourit à Guillaume qui s'arrête à sa hauteur.

- Eh bien, Marie, as-tu vu le jeune Bernard ?

- Oui. Il s'est décidé à parler à Jeanne et Antoine. Ils vous remercient.

- C'était naturel, c'eût été dommage de laisser inemployé un tel talent.

Il se tait, glisse une caresse au col de l'étalon qui s'impatiente. Reprend :

- As-tu des nouvelles de Thomas ?

- Au prieuré, c'est trop tôt encore pour des nouvelles, surtout en hiver. Mais je peux vous dire qu'il va bien.

Le sourire de Guillaume s'accentue. Il la regarde avec une sorte d'admiration.

- Je ne sais ce qui vous lie, mais je vous envie parfois.

Il reste un instant songeur, laissant errer son regard sur le visage clair qui est levé vers lui. Interroge :

- Jeantet t'a-t-il parlé de ce projet de maison forte, à Villars ?

- Sa femme m'en a touché quelques mots...

- Cela paraît sage, et justifié. Il me faut y réfléchir et convaincre Thiébaut d'y placer un homme fiable, et proche de la terre.

Il a un sourire bref :

- À vrai dire, tel que tu me vois, je fuyais les discours pour trouver la paix en forêt. C'est pour moi le seul endroit où l'on peut méditer sans être interrompu !

Il poursuit avec une grimace comique :

- J'y pense, pourrais-tu me fournir ce baume qui fait merveille sur cette vieille blessure qui me tourmente tous les hivers.

- J'en laisserai à Jeanne, elle vous le portera.

-... Puis-je te conduire quelque part ? Tu peux monter en croupe. Elle part d'un rire clair qui s'éparpille sur les murs :

- Après ce qu'a raconté partout Guillemin, je serais perdue de réputation, et vous avec moi ! D'autant que vous recevez dans vos murs un redoutable personnage !

Il rit avec elle :

- Je pourrais perdre ma réputation pour plus mauvaise cause ! Quant à ce moine sévère qui s'est imposé ici, j'ai jugé prudent de le remettre aux mains efficaces de mon chapelain. Il ne le lâchera pas d'un pas, le gavera d'offices et des débats théologiques qu'il affectionne et auxquels je ne comprends goutte.

Il remarque, non sans humour :

- J'ai fait là deux heureux !

Il se penche vers elle, ajoute plus bas :

- Évite cependant de trop te montrer ici. Je n'aime pas cet homme-là… et j'ai entendu ce qu'il disait, tout à l'heure.

Marie acquiesce d'un signe de la tête. Elle a soudain l'air un peu triste, comme si un nuage passait sur son front. Il se penche davantage, dépose sur les lèvres froides un baiser léger, se redresse d'un coup de rein en ajustant les rênes, s'excuse d'un geste qui marque un brin d'embarras :

- Prends soin de toi, Marie, à bientôt.

L'étalon danse au toucher de la jambe, la croupe basse, prêt à se lever, finit par prendre le trot, suivi par Gaulthier qui salue la jeune femme d'un sourire rapide. Marie sent peser un regard sur ses épaules. Elle se retourne, devine la silhouette du moine dans l'embrasure de la poterne. Elle le fixe un instant, rajuste les pans de sa cape, et sans plus lui accorder d'attention, se rend chez Mathilde.

Le surlendemain, il s'est mis à neiger. Quelques flocons d'abord, si fins que l'on ne les a pas remarqués. Ils se sont posés un matin sur le sol gelé, ont blanchi lentement les chemins, puis l'herbe, et les branches des sapins. Le temps se radoucissait. Les flocons d'impalpables sont devenus plumeux, épais et lents, tirant un rideau dense sur le ciel trop pâle.

Cet hiver était maudit, semble-t-il. Il a neigé ainsi pendant des jours et des nuits entières. Nous avons vu les palisses englouties dans les congères. Le chemin des villages me devenait presque impraticable. Même dans le sous-bois, j'enfonçais à mi-cuisse, me glaçais, et luttais dans les passages que j'avais ouverts la veille. Les villages se taisaient. Pour la première fois, le silence de la neige se faisait oppressant. Chacun s'était replié chez soi, dégageant le pas de sa porte au matin pour atteindre les étables. Sur les toitures s'accumulaient des masses de neige qui glissaient et tombaient avec un bruit d'orage.

Jeantet a le premier flairé le danger. Il a inspecté les charpentes, observé les murs, et n'eut de cesse que tous les hommes ne s'affairassent à alléger les toitures. Ce fut un travail de fantômes, alors que les flocons tombaient plus drus encore. Ils étaient transis, hagards, à tirer matin et soir des paquets de neige lourde qui s'amoncelaient au pied des murs.

Il y eut des accidents, tant à Blamont qu'à Villars, des membres brisés et de sérieuses entorses heureusement faciles à soigner. Il y eut la grange du Brande qui s'est écroulée au petit jour, d'un coup, engloutissant sous ses décombres la réserve de grain étendue au grenier. C'était l'une des granges communes, il fallut rationner le pain. Blamont ne put recevoir tous les charrois de foin et de grain qui étaient prévus. L'effondrement de la grange arrêta définitivement la possibilité d'une entraide. Le carême se faisait très maigre, les légumes qui étaient restés au potager étaient perdus. Les bêtes s'agitaient dans les étables.

Oui, ce fut un temps de malheur... Comment leur en vouloir si en ce jour d'hui, ils tentent d'exorciser leur douleur...
Je ne peux penser à la peine de ces derniers mois sans pleurer pour eux tous. Il ne neigeait plus. Nous croyions au dégel. Nous espérions. Et effectivement, il a fait plus doux. Deux jours. Assez pour charger la neige d'eau, la rendre pesante et traîtresse, prête à glisser sur les pentes sans avertissement. Nous entendîmes à nouveau le chant de l'eau. Le temps d'un très court espoir...

La bise s'est levée. L'eau s'est arrêtée, et l'espoir avec elle. Nous n'avions jamais vu tant de neige, nous n'avons jamais vu des températures aussi basses. Les toitures presque nues voyaient les lauzes éclater, les bardeaux fendre, les habitations en étaient plus froides. Les pierres à eau étaient gainées de glace malgré les feux d'enfer entretenus dans les cheminées. On avait calfeutré les volets de paille ou de feuilles, et l'on vivait dans une obscurité tiède qui perdait les esprits.
Pourquoi ? Pourquoi T'être acharné ainsi sur ces villages ?

La maison de Paulin a flambé, elle avait une cheminée de bois.

La terre était tendue, je la sentais prête à rompre. Je perçus encore en ces jours quelques frémissements dans la roche, comme une respiration contrainte.

C'est au début de ce mois que la terre a tremblé.

J'ai su l'alarme de la Serpente avant même que le jour ne se lève. Je suis sortie dans l'ombre. La glace criait, le ciel était obscur, les loups m'ont lancé un bref appel. La danse invisible de la terre s'est faite brutalement convulsive, nouée de tourbillons dangereux.

Je ne savais pas quelle en était la raison. J'ai hésité un instant, me suis vêtue en hâte et suis montée à Blamont. Le village était tranquille en apparence. La plupart des gens dormaient encore. On m'ouvrit la porte, au château, on me conduisit sans discuter à la chambre haute. Je découvris à cette occasion que certaine expression de mon visage n'incitait pas à la tergiversation.

Guillaume était réveillé. Il fut soulagé de me voir, mon pressentiment renforçant le sien. Il prit aussitôt des mesures de sécurité, faisant regrouper les habitants dans les bâtiments neufs et solidement construits et envoyant les troupeaux hors des étables, sous la surveillance de leurs bergers. Nous ne savions ni l'un ni l'autre ce qui nous poussait à prendre ces précautions, mais la seule pensée de rester enfermés dans un bâtiment vétuste nous emplissait de malaise.

Gaulthier partit à Villars, bataillant avec sa monture qui se montrait inhabituellement rétive. Le jeune frère de Guillaume prit le chemin du prieuré.

Plus tard, je sus que Gaulthier avait trouvé le village réveillé par le tapage des bêtes qui s'affolaient. Jeantet, averti par l'instinct qu'il avait de l'eau, cherchait d'où venait le désordre qu'il percevait confusément. Il m'a dit qu'il sentait une grande houle lui traverser le corps, comme il le recevait d'un puissant courant souterrain.

Le prieur, lui, avait reçu un rêve si précis qu'il avait regroupé les moines dans la chapelle, abîmés en prières depuis mâtines pour les forteresses alentour. Le jeune Othenin s'est joint à eux après avoir rapidement mis le père au courant de ce qui se passait à Blamont.

Le frère Lambert était parti si loin dans sa méditation qu'ils l'ont cru mort. Il a confié au père que ce que je lui avais dit était juste, qu'il en avait la preuve indubitable, et qu'il acceptait le dépôt sacré que je lui en avais fait. Il ajouta avec un sourire qu'il n'en parlerait pas. Et n'en parla plus.

La terre a tremblé. Vers la fin de la matinée.
Par trois fois.

Mars 1295

Marie est restée à Blamont durant tout le jour du malheur. L'église s'est écroulée. Il n'en demeure que l'assise de pierre, et un enchevêtrement de poutres et de bardeaux mêlés de pans entiers de torchis. La question de sa reconstruction ne se pose plus. Il ne reste qu'à trouver un maître bâtisseur et de quoi le payer. Le village a eu à déplorer par ailleurs quelques fissures dans le rempart nord, et des dégâts minimes sur les plus anciennes maisons. On trouva quelques charpentes à étayer, des anciens pans de bois qui perdaient leur torchis, les vitraux de la chapelle très endommagés...
Le moine en profita pour crier à la colère divine, en voulant pour preuve la destruction de l'église, jusqu'au moment où Guillaume, excédé, demanda à son chapelain de l'emmener prier loin de ses gens. On ne le vit plus du reste du jour, ce qui permit à Marie de soigner en paix les quelques blessés qu'il y avait.

Elle ne se rendit à Villars que le lendemain.

Le village a son aspect habituel. On ne peut soupçonner le tremblement de terre qu'à l'amoncellement de glaçons brisés au pied des murs. Elle trouve Aliette occupée à trier divers débris qui sont rassemblés sur la table.
Elle sourit à sa vue, se réjouit de ce que le village ait été épargné.

- Il y a eu des dégâts, mais peu de chose. Jeantet est en train d'examiner les bâtiments un à un, afin d'éviter des accidents. Nous avons à déplorer la perte de quelques bêtes, qui se sont affolées et sont parties dans le bois. Les hommes sont à leur recherche sans beaucoup d'espoirs... C'est tout. Mis à part, bien sûr, les pots et écuelles qui étaient posés sur les étagères, là, il y a eu beaucoup de casse. Mais nous avons surtout eu très peur...

Marie hoche la tête. Elle aide son amie à son tri, puis visite avec elle chaque maison, apportant réconfort et soins, comme toujours. La résignation patiente de certains, la révolte et les imprécations des autres, l'angoisse muette des enfants terrifiés par les propos de leurs parents et par l'abandon dont ils font l'objet, chacun étant plus occupé des problèmes matériels que des petits qui les observent en silence, la laissent accablée, comme si elle se chargeait de leur douleur. Son amie s'en fait la remarque en silence, en voyant les visages s'éclairer, les sourires renaître devant la confiance et la vitalité qu'elle renouvelle à chaque rencontre. Il n'y a que Liette pour reconnaître l'épuisement de son sourire, quand sa main légère touche une épaule secouée de sanglot, et ce qu'elle donne au bout d'elle-même au travers des baisers qu'elle dépose en riant sur les joues des petits.

Malgré l'insistance de son amie à la garder pour le repas, elle est descendue au prieuré. Elle ne voulait pas ajouter une bouche à une table déjà bien pauvre et avait un besoin viscéral de la solitude tant aimée de la forêt.

La nature l'a avalée comme de l'eau. Elle en est lavée, vivifiée. Son pas s'affermit sur le sol gelé qui se marque de déchirures sombres. La terre est apaisée, comme si ses convulsions lui avaient été nécessaires pour retrouver son équilibre. Marie marche les yeux clos. Elle se laisse guider par la présence des arbres qui bordent le chemin, sa lassitude la fait avancer comme on dort, et le grand repos de la terre la touche, la nourrit, la berce avec le balancement de son pas. Une soudaine glissade la ramène à elle. Elle sourit en se voyant tout au bord du chemin, trompée par le brusque éloignement des troncs basculés en contrebas. Un pan de rocher s'est détaché, entraînant dans sa chute les arbres les plus proches. Il reste une blessure noire qui sent malgré le gel l'humus et la fougère froissée. Elle soupire, essuie d'un revers de la main une goutte froide qui roule sur sa peau, s'écarte du talus où la terre se casse en mottes raidies. Se remet en route d'un pas vif.

La rivière est gelée et chaotique, il n'y a qu'aux tourbillons que l'eau chuchote encore, avec un léger clapotis qui lave la glace jusqu'à la rendre transparente. Le prieuré est immobile. Quelqu'un fend du bois sans hâte. Elle reconnaît le travail patient de Damien à la régularité des coups. Elle sourit, rejoint la clôture en peinant dans la pente. Damien est bien là, qui l'a vue venir et pose sa hache avec un sourire...

Je suis allée plus tard à la chapelle. J'y suis restée longtemps, je crois, dans le silence mouvant des cierges. Je ne sais pourquoi j'étais là, mais je trouvais le même repos, la même sécurité que dans la nature. Quelque chose en moi se régénérait, se récréait dans ce lieu où je sentais se dérouler les prières comme des bannières flottantes et libres, que la voûte maintenait en vibrances. Le père est venu un peu plus tard, sans bruit. Nous sommes demeurés ainsi longtemps, sans mot dire et, pour ma part, sans même une pensée. Ce vide de l'âme m'était nécessaire.

Plus tard encore, j'ai vu Lambert. J'ai su à la profondeur de son regard qu'il avait reçu beaucoup, et qu'il pourrait donner plus encore.

Je suis remontée vers la clairière dans la douceur du couchant qui brûlait sur le val.

19 et 21 Mars 1295

Ce qui me reste à dire me blesse... c'est si proche et je suis si lasse. C'est peut-être cela, cette lassitude, qui m'a amené à ce jour d'hui, et ce que j'ai compris de mes erreurs...

Marie, ce matin-là, est montée à Villars tard dans la matinée. Liette l'attendait. Elle est seule pour quelques jours encore, Jeantet est aux Hortières. Elles ont rendu visite ensemble à la vieille Mahaut qui est à présent clouée à son lit, mais n'en a pas pour autant perdu sa verve. Il semble que tout le village vienne lui apporter les derniers ragots, et qu'elle ait un don particulier pour découvrir ce que l'on voudrait lui tenir secret.
Les deux jeunes femmes passent souvent la saluer. Liette s'affaire au ménage tandis que Marie lui prodigue ses soins, en écoutant les remarques incisives que Mahaut leur fait sur les travers de ses voisins.
Elles sont reparties assez tard. Le soleil était haut dans le ciel, tiédissant les dernières traces de neige qui se perdent dans le bourbier qui a envahi la place avec le dégel. Marie a un regard surpris vers l'homme qui sort de la maison de Guillemin. Le porcher est revenu depuis peu, accueilli par sa femme sans vraie joie. Elle a accepté de le reprendre avec elle à l'expresse condition qu'il ne boive plus, et lui, semble décidé à tenir sa promesse.

Liette l'a vu, elle aussi, interroge Marie du regard, s'attire un geste vague, accompagné d'un visage impénétrable. Elle observe mieux l'homme qui s'est arrêté et les regarde passer. Et brusquement, pâlit :

- Dieu ! Marie, c'est le moinc !

Marie ne peut retenir un rire :

- Oui, ma Liette, mais tu peux respirer, il ne te mordra pas !

Aliette détourne le visage en marmonnant :

- Cet homme-là m'emplit de malaise, je n'y peux rien...

Un cri détourne leur attention.

Une porte bat. Tout le monde s'arrête, prête l'oreille. Une femme traverse la place en courant, s'effondre aux pieds de Marie, pressant contre elle un enfant. Elle sanglote, les mots se bousculent avec incohérence. Marie se penche, touche son épaule, calmement. La jeune femme lève vers elle l'enfant dans un geste d'imploration silencieuse.

Tout s'est passé si vite. Je n'avais pas le choix.
Le ciel m'est témoin que je n'avais pas le choix...

Marie prend l'enfant. Il est inerte, les lèvres bleues, sans souffle. Au premier regard, elle le croit mort, croise les yeux de sa mère qui est à genoux dans la boue et qui pleure en répétant "sauve-le..."

Elle perçoit encore le hoquet d'Aliette qui reprend son souffle brutalement, ferme les yeux un bref instant et entend distinctement en elle une voix qui lui dit la vie.

Elle se retire du monde, balaie d'un geste le corps du petit, pose une main sur lui. Elle le tient au creux de son bras, une main sur son cœur. Elle brûle, ses paumes flambent, elle se sent raide et tremblante. Elle implore la Vie, lutte un bref instant contre elle-même, cède, libérant des flots vibrants qui l'ébranlent.

L'enfant tressaute sous ses doigts comme sous un coup.

Elle sent un faible souffle déplier la petite poitrine. Elle sourit.

Sur la place, c'est le silence. Ils sont tous là, à attendre. La chaleur se retire d'elle avec lenteur, comme une vague. L'enfant aspire une longue goulée d'air, la retient un instant, la relâche dans un pleur d'angoisse.

Marie le tend à sa mère avec un sourire doux et s'écarte de quelques pas. Liette la suit des yeux.

Marie se retourne, laisse glisser son regard sur les villageois assemblés qui la dévisagent, et dit avec l'ombre d'un sourire :

- Ça n'était qu'un spasme. Ne voyez là aucun prodige...

Tous se taisent. Ils ont de la crainte dans les yeux. La mère du petit est restée agenouillée dans la boue glacée, l'enfant serré contre elle. Marie lui sourit,

- Il te faut rentrer. Ton enfant va prendre froid si tu restes là...

La jeune femme se relève avec un sursaut, regarde Marie sans un mot. L'enfant pleure et s'agite contre elle. Et brusquement, avec un geste possessif, elle fait demi-tour comme on prend la fuite.

Personne n'a bougé. Marie sent sur elle le regard haineux du moine, a envers lui un mouvement d'excuse puis elle se détourne, s'éloigne... Chacun semble prendre soudain conscience de la bise aigre qui balaie la place et s'en retourne sans mot dire.

À la muette interrogation de son amie, Marie répond avec lassitude :

- Il était appelé à vivre. C'était impressionnant, j'en conviens... Ne t'imagine pas je ne sais quel miracle... Mais si toi, tu crois cela, que vont-ils croire, eux ? Pourquoi chercher toujours le surnaturel, pourquoi ne pas avoir foi en la vie, simplement...

Marie est émue, touchée de compassion pour eux qui ne comprennent pas. Ils sont arrêtés à vingt pas, hésitants. Elle a un sourire un peu triste...

Guillemin, le porcher, est devant eux, il tient des pierres dans ses mains. Dans son regard, il y a du désespoir.

Guillaume galope vers Villars. Les chevaux peinent dans la côte.
Liette s'effondre aux pieds d'Enguerrand qui ne peut contenir son émotion.

Le merisier est en fleur.

Loches, le 21 mars 1295

Thomas sait. Il marchait vers la salle du chapitre quand la douleur a éclaté à sa tempe. Un vertige bref l'a fait chanceler, et il a su.
Les frères qui le suivaient ont eu un geste inquiet, il les a rassurés d'un sourire qu'il s'est arraché. Il était très pâle.

Il aspirait à la nuit. Tout le jour, il a marché, prié, écouté, hors de lui-même. En lambeaux.

La nuit est arrivée.
...."In manus tuas Domine, commendo spiritum meum, sub umbra alarum tuarum protege nos"...
Dans tes mains Seigneur, je remets mon esprit, protège-nous à l'ombre de tes ailes.

Il est resté seul dans l'église.
Il y est resté la nuit entière, laissant couler la douleur par tout son corps.

"Père, regarde, je suis nu devant Toi, mes mains sont vides... vois..."

"Tu m'as toujours atteint par elle... Seigneur, aide-moi ! Aide-moi..."

Que la nuit ne finisse jamais, cette seule nuit qu'il s'offre, où il se laisse broyer sans lutte.

"Vêts-moi... Revêts-moi de Ton Amour..."

Il est sorti sur le parvis, plus tard. Le soleil se levait sur la ville, les pavés luisaient de l'humidité du printemps.

Quand il rejoint sa cellule, Étienne, qui le croise, lui voit le visage serein et s'interroge. Il avait pourtant remarqué, la veille, que quelque chose l'avait atteint. Il le regarde s'éloigner, secoue la tête et reprend son chemin vers les cuisines dans l'espoir d'amadouer le frère cellérier. Depuis qu'il suit Thomas, il a toujours faim...

Concots, le 23 décembre

"La forteresse"
Denis Felix,

THOMAS

C'est un soir…
Un dernier soir…
Je sens la nuit qui tombe sur mon visage, elle se pose sur ma peau.
Elle sait bien que je ne peux plus la voir.
Le temps a pris mes yeux pour que j'entende plus grand, pour que j'entende les murmures de Dieu.

Le causse craque et crisse, la lumière bascule dans ce violet velouté dont je me souviens si bien, la pierre, dans mon dos, parle encore de soleil.
Les froissements, les frissons de l'herbe qui se déplie, les chaleurs de la terre que les grillons stridulent, le glissement du vent sur les chênes… tous ces repos de l'âme…
Le ciel m'a livré à la nuit pour goûter sa paix.
L'âge m'a donné cela comme un cadeau… la douceur du crépuscule et les chants de la terre.

En s'éloignant, les images m'ont dérobé le silence. Tous les soupirs échappés à la vie, tous ses inaudibles, imperceptibles souffles, s'imposent à moi maintenant que les formes ne les occultent plus. L'œil me privait des sons et des parfums, de la musique des gestes et des voix qui ondulent autour de moi comme une écriture…
Le silence n'existait que par mon regard, et je l'ignorais.

Il est tard et j'attends.
J'attends celui qui doit venir, que je ne connais pas.
Le vent se lève sur le causse, brassant les parfums et la poussière du chemin. Il me reste peu de temps. Mon corps est usé. Il s'économise à petit souffle, à petit bruit, tant il s'est consumé à vivre…

Je suis mouvement du feu depuis si longtemps, depuis que Marie, l'amie trop chère est entrée dans la Vie, depuis une nuit où l'amour m'a brisé et reconstruit, s'abandonnant en moi qui me livrais à lui sans retour. C'était un autre temps, celui de ma jeunesse où je marchais au cœur du monde pour vivre ma foi et la partager…

La rumeur du soir se délie. L'air ici est léger, les sons courent loin sur la cime des chênes…
Une cloche tinte, puis les sonnailles du troupeau de Peire.
Cet homme-là, taciturne et tranquille, est devenu un ami. Il parle bas, reste parfois de longues heures à mes côtés. Nous partageons le matin avant que le chaud ne monte et ne réveille les cigales. Parce qu'ici, l'été crépite comme un feu de saint Jean.

Je sens la nuit. Elle m'est transparente. Je la sais.

Je suis arrivé sur le causse, il y a bientôt dix ans. L'âge m'inclinait au repos. Mes pas se faisaient lents, mes os tremblaient imperceptiblement, la lumière perdait lentement son éclat. Mes chemins m'ont conduit vers le sud, vers les plateaux pierreux coupés de profondes blessures ocre que baignent les rivières, et vers les terres hautes, sèches, déshabillées de pluie. Ici, les sources sont rares, l'eau se cueille au ventre des citernes…
Je suis arrivé sur ce causse l'année de la mort du roi Charles, l'année où l'autre Charles, celui de Valois, est monté sur le trône de France. Je m'y suis arrêté.

Les grillons se taisent : quelqu'un marche, là-bas, vers la maison de Peire. Le chien ne l'a pas encore senti.

Celui que j'attends va venir. Celui-là me cherche depuis longtemps. Je ne sais pas qui il est. Je sais qu'il apporte des nouvelles des aimés … mes frères en amitié, mes frères en religion, ceux de l'Amour.

Mais tous les autres, tous ceux qui marchent comme moi vers l'inconnu, tous ces regards blessés ou rayonnants que j'ai croisés, tous ces visages oubliés par ma mémoire et si présents à mon cœur, qui me parlera d'eux ? Qui me dira si leurs chemins sont rudes, s'ils ont trouvé les lieux du repos, s'ils ont été aimés ?

Un homme avance sur le chemin. Peire le conduit. Le silence des grillons se déplace comme une vague et révèle le murmure des étoffes et du cuir. Une pierre roule sous les pas de l'homme qui interroge Peire en quelques mots bas. Il a vu la cazelle, il m'a vu, il soupire.

Je suis celui qu'il venait voir, celui que, là d'où il vient, on appelle Thomas.

Peire s'est retiré comme une ombre. L'homme a posé son sac à quelques pas, sur la roche lisse. Il hésite.

 - Sois le bienvenu.

Il ne répond pas.

 - Qui es-tu ?

 - Côme.

Il a parlé trop bas, il répète :

 - Côme, d'Ouves, mon père.

 - Appelle-moi Thomas.

Son embarras est palpable.

 - Approche, assieds-toi.

Il s'est avancé avec un bruit de feutre, s'est assis.

 - Maintenant, dis-moi…

Il se met à parler, cherchant les mots, les noms, les visages qui lui ont été confiés pour moi qui l'écoute sans l'interrompre.

Il dit ceux que j'aime, le père Enguerrand, le frère Damien qui se sont suivis hors la vie dans un même hiver, le frère Étienne dont les écrits ont été interdits et qui n'a pu le supporter. Il s'en est allé sans plus prononcer une parole. Côme l'a rencontré. Une fois. Il n'oubliera pas ce regard, ce mutisme et la flamboyante intelligence recluse en cet homme aussi sûrement qu'en une tombe. Il n'oubliera pas. Cela, il le tait. Il croit le taire. Je lis ses silences comme il entend les mots.

Il reprend avec lenteur, il recrée le temps devant moi, à voix basse, déroule les lieux et les gens, la paix des églises et le sang rouge qui noie la terre, fait déferler la rumeur du monde sur le causse, sur la roche lisse, sur les genévriers… J'entends autour des mots chuchoter le vent.

Il s'est tu. Il ne sait plus s'il est fatigué, s'il a soif, si la nuit avance. Il ne sait que la présence de celui qu'il cherchait, et son attention.
         - Pourquoi es-tu venu ?
Il ne comprend pas. Il retient son souffle un instant.

Plus tard :
         - Pourquoi es-tu venu ?
Il n'a pas de réponse. Il cherche. Il dit qu'il était temps… qu'on lui avait demandé… qu'il devait partir de toute façon parce qu'il y avait trop de questions en lui… parce qu'il ne savait pas comment…

J'attends.
Il respire un peu trop vite.
Il n'ose pas : il ne me connaît pas, il sait seulement ce qu'on lui a dit de moi. Alors les mots intimes, ceux qui le dévoilent, se refusent.
Il froisse entre ses doigts un brin d'herbe sèche.

- Dis-moi ce que tu vois.
- Il fait nuit, on ne voit rien !

Il ne comprend pas. Il a levé la tête, désemparé, s'est tourné vers moi. Il a peut-être rencontré mon sourire…

Mon silence le trouble. Maintenant, il est malheureux, il sait bien qu'il n'a pas trouvé la bonne réponse. Il corrige :
- Je ne vois rien…
Il est tout près. Sa pensée frémit aux derniers mots. Il inspire un grand coup, délivré :
- C'est faux !

Il s'étonne presque, il en devient très jeune, la surprise a nettoyé ses yeux, sa voix, et lui rend son enfance.
Le sourire éclate dans chaque mot :
- Je ne vois rien parce que je crois la nuit trop sombre alors que les pierres sont claires de tout le soleil qu'elles ont bu, que le ciel est rempli d'étoiles et peint les arbres en ombre…
Il parle pour lui seul, tout entier absorbé par cette découverte incroyable qu'il ne voyait jamais que ce qu'il s'attendait à voir, et qu'il créait ainsi un monde à la seule mesure de ses limites. On le lui avait dit, pourtant. Mais il butait sans cesse sur sa raison qui lui disait qu'une pierre n'éclaire pas, que les chemins ne peuvent pas s'écrire sous ses pas et qu'il faut une lanterne pour trouver sa route dans les nuits de lune noire.
Il butait sans cesse contre toutes les questions qui lui mangeaient la vue parce que les réponses n'étaient pas là où il les attendait.
Il buttait parce qu'il avait peur.

Il en est là. Il sait qu'il a peur, et il est heureux.

Il est un enfant qui sort seul de sa maison pour la première fois et qui découvre un monde si grand qu'il ne peut plus bouger.
Il est arrêté.
J'écoute son silence.
Il est en ce lieu intérieur où le silence est rencontre, lumière et souffle.
Arrêté.

Il a repris vie plus tard. La nuit se fait légère, elle hésite déjà au bord du jour avec un peu de fraîcheur qui se pose en perle sur la terre.
Il a changé de position, a soupiré, m'a regardé.

Il a la voix neuve. Il s'est adossé au mur, il parle. Il dit le noyer qui se dresse devant lui, il dit les branches offertes, les étoiles qui pâlissent vers l'est, la promesse de l'aube.
Il dit le tronc de l'arbre qui se penche sur la cazelle, il s'étonne.
Il ne le voit pas avec ses yeux, et pourtant il le sait.
Il dit la vie dans le tronc, les feuilles qui se déplient pour boire le frais, la sève qui monte et les nourrit, cette présence calme et puissante… il se tait.

Le feuillage frémit imperceptiblement.
Il est invité. Il ne le sait pas vraiment. Il avait une question qu'il ignorait et l'arbre lui offre sa réponse.
C'est la réponse de l'arbre, pas celle des hommes. Il ne la lui donne pas avec des mots, il s'ouvre à la quête de l'homme qui le reconnaît, simplement. Il parle par d'autres voies, il parle à tous ceux qui entendent. Côme entend. Il a pénétré la conscience offerte comme on plonge la main dans l'eau claire d'une source, il touche au mystère de l'arbre comme on pose la main sur la terre.
Avec respect.

Il n'est plus étranger. Il sent, il voit, il entend, il participe de la source à sa place d'homme, devant l'arbre, le ciel et la terre, découvre qu'il contient tout et que tout le contient.

Les questions reçoivent leur réponse avant d'être posées, ses vraies questions, celles qu'il ne connaissait pas. Les autres, il les a oubliées. Cette nuit, il ne l'oubliera pas.

Il s'est replacé en lui-même tranquillement, s'est levé, a marché jusqu'au noyer, a posé la main sur le tronc, s'est retourné vers moi :

    - Vous savez ?

    - Oui.

    - Je savais que vous étiez là.

Pour lui, rien ne sera plus pareil. Sa vie l'attendait au pied d'un arbre, sur un causse brûlé appuyé au ciel. Je sens le sourire qui tremble à son cœur, la lumière de son regard. Il vient à moi, s'agenouille. Je lui suis devenu proche. Il effleure mes doigts, je passe une main lente sur son visage, pose une croix à son front.

Nous sommes restés là jusqu'au tout petit jour. La lumière s'est approchée de nous, claire, presque froide, puis le ciel s'est mis à frémir de rouge et d'or. Le causse retenait son souffle.

Le soleil nous a touchés ensemble.

Déjà éclatant.

Il s'est levé sur la terre nue, sur les arbres, sur les pierres, sur les oiseaux qui le célèbrent à pleine joie. Sur les hommes…

Côme est resté avec moi plusieurs jours. Il a partagé mes silences, mes paisibles et bruissants silences. Puis il est reparti.

Concots, en mars

UN PEU D'HISTOIRE

Des lieux et des gens...

<u>Arie</u>. Fée, femme ? Elle demeure dans la mémoire des Francs-Comtois comme la tante Arie, généreuse et juste. J'ai rencontré une femme, Marie...

<u>Nicolas Marchon</u>, de Mancey. Chevalier, l'Amant.

<u>Thomas</u>. Moine l'Ami.

<u>Enguerrand</u>. Prieur de Dannemarie. Celui que Marie appelle son père" avec une vraie tendresse."

<u>Paul</u>. Moine. Le simple d'amour.

<u>Lambert</u>. Moine. Héritier du silence et de la connaissance, du vide et du plein.

<u>Damien</u>. Moine. Un homme simple.

<u>Étienne</u>. Novice. Futur compagnon de Thomas.

<u>Aliette et Jeantet</u>, de Villars. Paysans. Les amis.

<u>Guillemin</u>, de Villars. Porcher. Celui par qui tout peut arriver, par la déviation de son amour pour Marie.

<u>Ceux des villages</u>, Antoine, Jeanne la Diseuse et leurs enfants, Célie, Claire... Les aimés. Tous ceux que Marie côtoie, tous ceux qui n'ont pas de nom ici et qui passent, sourient, souffrent, tous les vivants du plateau qui s'étire au pied du Lomont.

Guillaume d'Ornans. Chevalier. Tient le fief de Blamont pour Thiébault de Neufchâtel, des Hortières (Neuchâtel-Urtières). Ami de Thomas et Marie.

Thiébault de Neufchâtel. Vassal du comte palatin de Bourgogne, Othon, depuis 1280. Reçoit le fief de Blamont des mains de Renaud, comte de Montbéliard, en 1282. Devient vassal de Renaud pour Blamont avec une grande réticence et n'aura de cesse que ce fief ne repasse au comte de Bourgogne. Ce qui est fait en 1290, quand Othon donne Blamont comme dépendance de Bourgogne à sa femme, Mahaut d'Artois.

Renaud de Bourgogne, Comte de Montbéliard par son mariage avec Guillaumette de Neuchâtel Outre-Joux et frère d'Othon. Rend l'hommage (ou refuse de le rendre, ce qui ne va pas sans heurt), à Rodolphe de Habsbourg, empereur du Saint Empire Germanique, pour le comte de Montbéliard, tout en se querellant avec les évêques de Bâle, à propos de la ville de Porrentruy et du fief de Blamont sur lequel ils avaient des prétentions.
Renaud se déclarera homme lige de Philippe le Bel en 1301, (en son nom propre et non pour le comte de Montbéliard), avec les seigneurs de Franche-Comté, mettant ainsi fin à la ligue formée entre eux et l'empereur d'Allemagne contre le même Philippe le Bel.

Othon de Bourgogne. Comte palatin de Bourgogne. N'oublions pas que le Comté de Bourgogne qu'Othon met sous la suzeraineté du roi de France est distinct du duché de Bourgogne, même s'il en est voisin, et n'y entrera que près d'un siècle plus tard.

La Châtellenie de Blamont. Ont des prétentions sur elle à cette époque : le comte de Montbéliard, Renaud, Thiébaud de

Neufchâtel qui l'a reçue des mains d'Othon de Bourgogne avec l'accord (!) de Renaud qui entend pourtant en rester le suzerain, et l'évêque de Bâle qui renoncera à ses prétendus droits en 1300. En 1290, Blamont passe à la Bourgogne, en 1294, Thiébault se déclare homme lige de Renaud pour ses autres possessions. Les comtes de Montbéliard voudront plus tard récupérer Blamont, ce qui sera source de perpétuelles querelles entre les Neufchâtel et les Montbéliard jusqu'en 1375 où les fiefs en litiges, dont Blamont, seront vendus à la maison de Neufchâtel.

Les temps étaient troublés. !

BIBLIOGRAPHIE.

Mémoires de la société d'émulation de Montbéliard, 1953-1954 et 1961.

Visages de la Franche-Comté. Horizons de France, 1945.

Histoire d'un village par le docteur Muston, 1er volume, 1882.

Histoire illustrée du pays de Montbéliard, Louis Renard, 1941.

Nouvelle histoire du pays de Montbéliard, Louis Renard, 1950.

Contes et légendes du pays de Montbéliard, Alfred Foct, 1957.

Histoire du pays de Montbéliard, John Viennot, 1904.

La vie au Moyen Âge, Robert Delort. Seuil, 1982.

L'économie rurale et la vie des campagnes dans l'occident médiéval, Georges
Duby. Flammarion 1977.

Temps d'équilibre, temps de ruptures, XIIIème siècle, Monique Bourin-Derruau.
Seuil 1990.

Histoire de la France rurale des origines à 1340, sous la direction de Georges
Duby et Armand Wallon. Seuil 1975.

La noblesse au Moyen Âge, Philippe Contamine. Presses Universitaires de France 1976.

Paysans d'occident XIème-XIVème siècles, Robert Fossier. Presses universitaires de France 1984.

DU MÊME AUTEUR

<u>Les romans</u>

Bleu comme Anna

Rond-point

<u>Spiritualité</u>

Jaloux est son Nom

Chants
ou *les psaumes de la terre*

Dépôt légal, juin 2016
ISBN : 979-10-96331-09-3